내 가슴에 흐르는 강

내 가슴에 흐르는 강

발행일	2019년 3월 20일		
지은이	서인자		
펴낸이	손형국		
펴낸곳	(주)북랩		
편집인	선일영	편집	오경진, 최승헌, 최예은, 김경무
디자인	이현수, 김민하, 한수희, 김윤주, 허지혜	제작	박기성, 황동현, 구성우, 정성배
마케팅	김회란, 박진관, 조하라		
출판등록	2004. 12. 1(제2012-000051호)		
주소	서울시 금천구 가산디지털 1로 168, 우림라이온스밸리 B동 B113, 114호		
홈페이지	www.book.co.kr		
전화번호	(02)2026-5777	팩스	(02)2026-5747

ISBN   979-11-6299-584-6 03810 (종이책)   979-11-6299-585-3 05810 (전자책)

이 도서의 국립중앙도서관 출판예정도서목록(CIP)은 서지정보유통지원시스템 홈페이지(http://seoji.nl.go.kr)와
국가자료공동목록시스템(http://www.nl.go.kr/kolisnet)에서 이용하실 수 있습니다.
(CIP제어번호: 2019009158)

(주)북랩 성공출판의 파트너

북랩 홈페이지와 패밀리 사이트에서 다양한 출판 솔루션을 만나 보세요!

홈페이지 book.co.kr   •   **블로그** blog.naver.com/essaybook   •   **원고모집** book@book.co.kr

서인자 시집

내 가슴에
흐르는 강

북랩 book Lab

시집詩集을 내며

여기 내가 쓴 시들을 모아보니 이제야 작은 꿈 하나를 이루어낸 것 같아 행복하다.

시라는 큰 그릇에 턱없이 부족한 나의 시를 담아내려니 부끄럽지만, 시를 쓰면 늘 기쁘고 행복하였기에 지금 내 나이 칠십이 넘었어도 이렇게 시집을 내어 본다.

어릴 적에 산 좋고 물 맑은 대자연 속에서 아름답고 고운 유년을 보냈기에 자연이 내게 선물한 시 쓰는 기쁨을 누렸다.

남은 세월이 점점 빨라지는 길목에서 나이를 잊은 채 나는 계속하여 시를 쓸 것이다.

시를 쓰면 때 묻은 허영과 욕심과 오만이 사라지고 영혼이 맑아지며 겸손과 감사를 알게 되기에 남아있는 날들에도 행복한 마음으로 계속 시를 쓸 것이다.

책상 서랍 속에서 잠자고 있던 원고였지만, 남편의 권유로 용기를 내어 시집을 내게 되었다.

많은 사람이 시를 쓰면서 행복하고 기쁘게 살아가면 좋겠다.

2019 기해년
서인자

목차

°행복의 의미

구름 지나니
햇살이 맑구나
바람 지나니
숲이 조용하구나

겉치레 벗어던지고 나니
산뜻한 정상에 올라 있네
더 이상 오르지 않아도
이리 편한 길 위에 내가 있다

보이지 않는 세월이
나에게 말해주기를
병든 욕심 버리고
이만한 오늘 감사히 살라 하네

여기까지 오는데
챙겨온 것 별로 없어도
모자람에 후회 없는 만족한 여유
빈 곳간 가득하니 행복하여라

잘 가꾼 젊은 날의 꿈과 희망들
사랑도 환희도 영유하였으니
이젠 언젠가
내 인생의 마루 끝에

홀연히 겨울바람 불어와도
모든 근심 다 놓고
깃털같이 가벼운 영혼으로
후회 없는 천상별로 뜰 수 있으리

°어둠이 내리는데

발등이 간지러워
내려다보았더니
나뭇잎 떨어져 있네

옷깃이 서늘해
이슬인가 했더니
바람이 스치고 갔네

머리 위에 자욱한
안개 걷어 내려니
세월이 올라앉은
나이로구나

여울목을 빠져나온
시냇물이
쉴 곳 찾아 흘러가듯이

세상의 모든 인연도
구름처럼 그렇게
끝을 향해 흘러가고 있네

어느 날 내가
가장 소중한 사람에게
아픈 말로 상처 준 적은 없는지

또 내가
소중한 사람에게서
받은 상처는 없는지

형형색색
고운 빛깔
무지개로 떠서
서로를 용서하며 사랑했는지

지금도 지나가고 있는 이 시간
가장 아름다운
노후의 단상에
행복의 꽃길을
만들어가자

°오늘도 나는

새벽 먼동이
바람 그네를 타고 와
마음 한 자락에
운무처럼 자욱하다

어제의 시간은 가고
새로운 설렘으로 밝아온
오늘이라는 깃발을
이 아침에 다시 꽂는다

오늘을 걸어갈
하루의 시작을
보석 같은 기쁨으로
비축하고

좋은 인연들과
아름다운 만남을 위해
사랑 나눌
값진 준비도 해야 한다

다시 밝아온
아침 창에
뿌옇게 서린
성에를 닦으며
마음의 유리문도 닦아

오늘 받아 담을
소중한 언어의 그릇까지
세심히 챙겨야 한다

하늘과 땅은
수많은 생각과
색깔과 양식을
사람에게 선사하고

흠도 티도 없는
그 은혜로움으로
거짓 없이 참된 나를
키우라 한다

매일같이
새로운 일들이
그리 과감하게
찾아오진 않지만

오늘이라는
삶의 자양분을 얻어
다시 새로워지는
희망의 나날이었으면 한다

어느새
부르면 바로 올 것 같은
눈부신 계절의 향음이
양지바른 곳에
희열로 가득 찬다

어디쯤엔 생명 터지는
신비의 소리가
방문을 닫아도
들릴 듯하고

수만 송이
어여쁜 작약이
마음 화단에
줄지어 필 것도 같고

더 넓은 대지엔
초록 융단이
곧 깔릴 것 같다

지금 이 순간
오늘 또한
지나가고 있지만

아직은
담백한 물빛을 좋아하고
찻잔에 뜬 가슴 따뜻한
여유도 있어

세월 감에
아쉬워 않으며
나이 듦에
서러워하지 않아

내 생에 남기고 갈
한 폭의 수묵화 같은
아름다운 인생을
나는 오늘도 써 내려간다

°수련화 옆에서

황혼이 고여들 때
담담히 흐르는 침묵이
한 움큼의 세월을 쥔 채
수련화 핀 길을
자꾸 서성이게 한다

다시 올 수 없는
추억 부스러기들을
마음 그릇에서
조금씩 꺼내 버려야 한다

미처 말하지 못한
여운이 남긴
아린 그리움일랑
수련화 고운 수반에
고이 담아두어야겠다

먼동처럼
가까이 다다른
인생 노을길에
야윈 애착도 하나씩
내려놓음이 진리라던가

내 가슴에 흐르는 강

아직은 남빛 물색의
기억 조각들을
흰 물결에 수놓으며
내 소망의 시로
살고 싶음이라

어느 날
영롱했던 기억들이
폭포수처럼
떨어져 나간다 해도

나는 아직
노을이 물들이고 간
별빛 가지마다
수련화 곱게 그린
미완의 액자 속에
사랑 시 하나 적어
걸어둘래라

°삶의 여정에서

달리는 기차에 앉아
물끄러미 창밖을 보면
늘 풍경처럼
스쳐 지나가는
미완의 꿈들이 있다

어느 때
추녀 밑에 떨어지는
빗방울처럼
창가를 적시는
마음 비가 내리면

흘러간 세월과
내 젊은 날들이
주마등처럼
차창에 어린다

나는 무슨 색깔
인생의 옷을 입었나
또 어떤 그림 위를
색칠하며 살았나

내 꿈은 절반이라도
이루어졌나
아직 못다 핀 꿈
어떤 레슨을 받으며
어떤 모양으로 피워낼까

지금도 끝 모를 레일 위를
기차는 달리고 있는데
가만히 뒤돌아보면
그래도 연둣빛 꿈들이
하나씩 날개를 달았더라

내 안의 수많은
소망의 나무들을 키우며
욕심 없는 내 삶을
세련미 있게
디자인해온 것 같더라

또한 은혜로운 이를 만나
평화로이 살았고
좋은 이들을 만나
풍요함을 알았기에
늘 그들에게
감사하며 사는 기쁨

때로는 밀려드는
근심이 있었어도
미움과 원망은
사랑으로 품으며
험하고 힘든 언덕은
지혜로 넘었다

무거운 짐은
슬기롭게 나누어 들고
미움이 밀려들면
용서와 온유로 안아
세상살이 아무렴
못다 한 아쉬움도 없다

내 가슴에 흐르는 강

삶이란
달리는 기차 안 같아서
온갖 희로애락을 싣고 가기에
한순간 홀홀히 털면
후회도 미련도 없는 것을

종착역에 다다르면
긴 피로도 시름도 내려놓고
빈 몸으로 휴식하는
홀가분한 끝은
언젠가
나의 것이기도 하리

아직은 내 삶이
끝나지 않았기에
기차를 타고
삶이라는 여정을
여행하고 있다

질주하는 인생의
차창을 바라보며…

°명상의 시간

오래전부터 지금까지
수많은 만남을 떠올리며
명상에 잠겨본다

이제까지
나의 주변에는
어떤 이들이
따뜻한 사람으로 남아있는지

나의 생각 속에는
어떤 이들이 자리하고 있는지

안 보면 그리운 얼굴
보면 안타까운 사람은
누구였는지

나의 인생에
함께 마음을 나누었던
특별한 사람은 있었는지

힘들 때 함께 아파하고
기쁠 때 같이 웃어주는
고마운 사람은
몇 명이나 있는지

생각해보니
마음이 따뜻하고
깊이 배려해준
다정한 사람들이
내 곁에 많았네

이해해주고 믿어주고
축복해준
아름다운 사람들이 많았네

그러나 나는
정작 소중한 이들에게
어떤 의미였을까
또 어떤 느낌으로
그들 안에 남아 있을까
오롯이 나를 반영해 본다

이 좋은 사람들이
나를 기쁨으로 살찌게 하고
언제나 미소 짓게 하였으니

나도 소중한 이들을 위해
더 많이 사랑하고
더 많이 감사하며
축복의 기도를 바쳐야겠다

명상으로 채워보는
참으로 행복한 날에

내 가슴에 흐르는 강

°세월의 길목에서

또 한 번의
나이 산을 넘어
세월 흐름이
빠르게 가고 있다
잊혀야 할 것과
못다 이룬 바람들이
쓸쓸한 뒷모습 보이며
떠나가고 있다

새해가 오면
새해라는 그릇에
넉넉함과 포근함을 담아
지금처럼
행복하게 살면 좋겠다고
기도하리라

새날이 오면
행여 못다 챙겨온
이기적이지만
온전히
나만의 향기가 흐르는
소중한 시간을 갖고 싶다고
기도하리라

또한 따뜻한 차 한 잔
맑게 우려낸
부드러운 마음으로
내가 사랑하는
모든 이를 향해
시냇물처럼 살고 싶다
기도하리라

아직은 세월의 실타래가
얼마나 더 길게
남아 있는지 몰라도
이렇게
희끗희끗한 마음이 되어서도

다가오는 새해에
좀 더 무르익고 성숙하여
휘청거리지 않는 노후의 꿈을
다시 꾸고 싶음을 기도하리라

새날이 밝아오면
여전히 변함없는
온유한 사랑으로
내가 아는 모든 이가
축복받기를 기도하리라

때가 되면
어김없이 찾아오는
자연의 순리 앞에서
세상 한 바퀴 돌아보듯
더 많은 것에 감사하며

비움의 자유와
희망을 품은 순례자처럼
오늘 내가 사랑하는
모든 소중한 인연이
평화로운 길 걸어갈 수 있기를
기도하리라

때로는 침묵하며
때로는 기도하며
어느 땐 운무 속 산길을 걷고
어느 땐 새처럼 맑은 창공을
나르며

그러면서
손잡고 닮아 온 두 모습
마주 보는 얼굴엔
어느새 은은한 수국빛 물들었네

수많은 언어를
꺼내 쓰지 않아도
풀잎 계절
낙엽 계절

하얀 겨울을 함께 지나온
편하고 익숙한 눈빛에
감미로운 꽃향기 스미어있네

서로 다르게 세상에 와서
운명처럼 체념처럼
한길을 가고 있는
지금의 뒷모습이 측은한
이 아름다운 인연

가끔은 우울한 날
도도한 시간들이
숨 막힐 듯 흐를 땐
어두운 밤 창가 달빛이 되어
성숙한 사랑의 자유를 주었네

오래도록 옆에 떠 있는
별 같은 사람으로
겸손의 열매
지혜의 열매
함께 따내며

오늘도 파초의 꿈을 꾸듯
동심 속 전원에서
황혼녘 꽃밭 가꾸며
섬세하게 늙어가네

바람처럼 구름처럼
홀홀히 떠난 세월
내 무거운 등짐 내려준
고마운 당신

은혜로웠음에 감사하며
함께 있음에 더 감사하며
살뜰하고 유일한 사람과
오늘도 아름다운 동행을 하네

°당신 있기에

숲이 깨어나는 아침
창가 새소리 불러들여
하루의 행복을 시작함은
당신 있기에

염분 뺀 토속 식단에
오붓하게 도란거리며
부드러운 단백질은
투박한 질그릇에

아삭하고 싱그러운 향기는
우아한 꽃접시에
사랑 담아 차려냄은
당신 있기에

조금은 흐릿해진 눈으로
가시 발라 건네도
묵은 정이 삭혀주어
아무런 탈이 없네

이렇게 농익어
주고받는 호사도
미소 섞어 버무린
알싸한 기쁨도
당신 있기에

고운 자식 다독이며
다 쏟아부은 세월
그 사랑 매여 있는 끈을
헛헛해도 이제 그만 놓아야겠네

어느새 귀 조금 눈 조금
치아까지 불편하여
기댈 보배라면
당신이기에

담쟁이덩굴처럼
손잡고 당겨주며
마디마다 새잎 내듯
남은 세월 의지할 곳
당신이며 나이기에

긴긴 세월
길어 올린 샘물은
사랑이고 믿음이었음에
감사하는 마음도 모두
당신 덕분이었음을

°계절의 길목

언제나 계절은
정직함을 알게 하며
꽃 피고 잎이 푸른
무성한 깨달음을
얻게 하더라

그러다 어느 때가 되면
숲은 갈색 옷을 갈아입고
서늘한 풀벌레 소리를 듣게 하며
빈 듯한 나의 찻잔에
계절 향기 고이게 하더라

그 가을이 되면
어떤 이는 등짐을 베개 삼아
세월이 덧없다 하고

어떤 이는
돌아가는 길목이라
서럽다 울먹이고

또 어떤 이는
붉은 노을밭에
성급히 봇짐 풀어
갈빛에 착색된 채
허무에 젖는다 하더라

오롯이
그대 안에 내가 되어
사랑하며 행복하라고
떠나가는 계절이
내게 말해주더라

가을이란
다 떨구어 내어 황량하여도
무르익고 탐스러운
채움이라는 기쁨 또한 있음을

인생길 못 가본 길
알 수 없지만
모두가 가는 길
그저 그렇게
남아 있는 거리만큼
쓸 수 있는 시간만큼

°내 가슴에 흐르는 강

그해 가을이 깊은 밤
유난히 시린 회야강 모래 벌에
달빛은 은빛 물결 위로
불멸의 혼이 되어 흐르던
밤이 있습니다

앞서가는 물새 발자국
강물이 밀려와 지워버리면
기억 저편 안타까운
시간을 지나
홀로 걷는 마음
어이 그리 쓸쓸하던지

아무도 없는 빈 강가
고즈넉함에 싸여
하염없이 걷고 있을 때
달빛에 젖은 내 그림자
그리움만큼이나 아픔도 깊던
밤이 있습니다

내가 사랑한
회야강의 달빛이
가슴까지 쏟아져 내려
고독은 등 뒤를 휘감아
수없는 배회의 발길이 되었던
그런 밤이 있습니다

산하엔 흘러가 버린 시간뿐
작은 화산처럼 깊이 팬
침묵의 그 밤 그 고요
달빛 가리운 손수건만이
차가운 마음을 닦아 내린
밤이 있습니다

오직 아름다이
회야강을 사랑한 나
이별이 예감되어
말없이 강물만을
바라본 나

오래되어도
지워지지 않을
고운 추억을 싸맨 채
그렇게 잠이든
그해의 밤

눈물의 시가 되어
돌아온 지금도
너는 내가 사랑한
내 가슴에 흐르는
강물이어라

°사월의 어느 날

사월의 어느 봄날
보리 이랑에 부는 바람 같이
그렇게 내게 다가온 당신
오늘 다시 그 길을 걸으며
옛 생각에 잠겨본다

싱그러운 사월의 바람이
그리움처럼 스치고 지나네

지금도 그대는 내 가슴에
아름다운 추억이 되어
사월의 그리움으로
남아있네

사월은
진달래 더미더미
어우러져 붉고
여릿한 안개
모듬모듬 엉겨있고
청솔은 더욱 맑음을
뿜어낸다

내 가슴에 흐르는 강

아! 이 사월
멀어져간 애심 한 톨이
솔가지 끝에 매달려
흐르는 세월을 잡으려 하는데

사월의 고갯길엔
아련함이 있고
그리움이 있고
마르지 않는 사랑이
알알이 맺혀있네

아! 인생
사월은 가도
사랑의 기억은
남아 있네

°철쭉이 필 때

내가
진분홍 철쭉 가지에 기대어
안개 속 그리움으로
젖고 있을 때

이미 내 그리움은
그 철쭉 가지 끝에 먼저 와
봄 향기를 보듬어 안고
나를 기다리고 있었네

그 사랑 진 가슴 자리에
고운 연둣빛 봄비 내려와
분홍 꽃물 터트릴 때

이미 내 그리움은
황홀한 철쭉 기다림 되어
봄날의 신비를 연주하며
아름다운 꿈을 내게 주었지

어디선가 불어오는
바람 한 줄기
고인 봄볕에 걸려 흩어지고

안개 같은
내 그리움 한 줌은
보석 같은 꽃잎 어루만지며
노을빛 물들 때까지
철쭉처럼 붉게
피어있자 했네

아! 내 사랑의 화신은
철쭉이 꽃바다를 이루는 지금
향기로운 꽃비가 되어
내 마음에 뿌리고 있네

°그대와 함께

숲 안개
내리는 뜰에서
그대와 손잡고
둘이 만든 꽃밭에서
행복하고 싶어

싱그러운
수풀 속에서
그대와 마주 보며
살찐 마음 손질하며
행복하고 싶어

먼 훗날
인생의 노을이 물들면
들창 너머
더 많은 언어를 수놓고
평화롭게
행복하고 싶어

그런 뒤
가슴 깊은 곳
강물로 흘러
아름다운 삶을 살았다고
말하고 싶어

그대와 함께한
일생의 일들이
또한 행복하였다고
말하고 싶어

°안개 띠

그리운 이여
그대 나를 불러
강이라 했던가

나 그대에게 강이 되고
그대 내 가슴에
산이 되네

그대 나를 불러
산허리를 감싸는
안개 띠라 말하고

그 안개 고요로울 때
산은 말없이
강 위에 눕는다

오! 그리운 이여
그대가 말한 강은
유유히 산 아래 젖고
그 산 바라보며
자는 듯 편안한
숨결이 흐르네

그대는 산
나는 강

내 가슴에 흐르는 강

° 인연

짙푸른 칠월 녹음이
풋풋하게 내려앉은 정오
숲은 바람을 부르고
바람은 숲을 사랑한다

태양이 이글거려도
바람을 만난 숲은
수많은 음률을 만들어
길손의 이마를 식힌다

모든 것 숲의 인연이 되어
약속한 듯 정답게 기대어 사는
푸른 칠월

간간히 매미가 절규하는
정열의 칠월
첫사랑 같은 계절!

°노을

다시금
자연의 바퀴는
어딘지 모를
종착역을 향해
쾌속 세월과 함께
달려가고 있다

허허롭게도
멀리 와 있는 인생 열차
조금도
쉬어갈 줄 모른 채
순리대로
마냥 굴러만 간다

인생이란
나이 산이 높아
주름 골도 깊은 것을
흰머리 검게 칠할 줄
예전엔 미처 몰랐다

어차피 출발한
뜻 모를 여행길
그래도 행복하다 말하며
조금은 느리게
조금은 여유 있게

익고 익어서
농축된 향기로 살다가
어느 날 정지선이 보이면
숨 한 번 고르고
창밖 갈빛 노을로
돌아가도 좋으리

오늘 유난히
다채로운 하늘에
뭉게구름 흘러가네

°만남

내가 아낌없이
사랑한 것은
그대와의 만남이리

녹색 산 아래
물이 푸르도록 고운 것도
그대를 만나며
아름다워했고

석양이 가슴으로 탈 때
두 눈이 황홀함에 젖은 것도
그대를 만나며
세상이 아름다웠기에

마침내
강한 인생의 줄기로
끝없이 감겨간 것도
그대와 결합한 축배인 것을

그리하여
늘 곁에서
물들며 사는

내가
사랑할 수밖에 없는
내 옆의 그대

°시간 이별

이른 새벽
잿빛 안개 속으로
흐릿한 기억을 안고
시간 이별은
그렇게 아침을 깨웠다

아직 덜 깬
어둠 사이로
고독이 섬섬히 내리고
새벽별이
안개처럼 질 때

아무것도 두고 온 것 없는데
남긴 것도 없는데
돌아서니 쓸쓸한
갈림길에 선다

새벽길 시간 속
돌아서는 등 뒤엔
허허로움뿐이다

°해변에서

수평선 위에
점점이 떠 있는
섬 섬들

어제의 광풍을 잠재운 듯
파도는 잔잔히
조약돌을 어루만진다

길 위에서 만난
어느 아낙의
홀로된 애환이

등대 아래 드리운
고독인 양
하얗게 부서지는
파도로 울부짖는다

저만치 솟아있는
기암절벽 아래
태곳적 신비가
살아 숨 쉬는데

내 가슴에 흐르는 강

멀어져간 내 젊음의
아련한 수채화 위로
어디선가 홀연히

일몰처럼
빠른 어둠이
등 뒤로 내려앉는다

오늘도 바다 위엔
파도를 가르는 뱃길 따라
한가로이 갈매기 날고

추억 한 줌
손에 쥔 채
내가 해변을 걷는다

남도의 아침

신이 내린
작품 하나
거대한 붉은 태양이

수평선의
경계를 박차고 올라

최면에 걸린 듯
깊은 어둠에 잠긴
검푸른 파도를 깨운다

또한
여명의 끝에서
밝아오는 아침은

심해 뭇 생명체들의
자유까지 들어 올려
포효하듯 꿈틀대는
낭만을 토해낸다

침묵하는
겨울 바다는
도시의 회색 메아리를
잠재우며

무서운 세파의
겉옷을 벗고
일상 속 정직함의
옷을 입으라 한다

오늘도
바다는
가슴에 오래 남을
여운을 쓰게 한다

자연의 순리

아침 안개 사이로
바람 한 줄기 자유롭다
눈부신 가을 햇살이
금빛 도화지를 펼쳐 놓아
그 위에 내 마음 그려놓고 싶다

어느 날
구절초 향기 따라 걷다
문득 너를 느끼며
더욱 다가서며

가슴에 피워온
민들레 홀씨들을
내 기도의 정원에
가지런히 심어본다

계절은 마른 향기까지
거두어 가려 하고
처음도 아닌데
낙엽 이별은 서럽다

그래도 매일 눈뜨면
사랑과 감사로
조금 더 성숙한 내가 되어
걸으며 쉬며
아름다운 추억 전시관을 만든다

어느덧 나뭇가지의 바람은
한 잎 아픔을 흔들고
진한 녹즙 같은 잎들은
붉은 눈물로
오늘을 잊어간다

나 또한 어디에서 왔는가
내 꿈은 무엇이었는가
고개 숙여 묵상해도
대답은 없다

다만
자연이 그러하듯
가장 가벼운 몸으로
가장 먼 이별로

먼지가 되어
흩어지는 것이
또한 인생이리라
자연의 순리이리라

°가을 연가

노을을 닮은 가을빛이
속속들이 파고들어
수풀 속 바람까지도
가녀린 잎에 나부낀다

지천에 향기롭던
꽃들은 시들고
구름에 걸터앉은
가을 안개 더미가
마음 끝자락에 자욱하다

불그스레 물드는
가을 들판에 서면
마음으로 왔다가
가슴으로 지는
들국화 같은 사랑이
격조 높은 선율로
온몸을 감싸며 흐른다

내 가슴에 흐르는 강

한순간 지나갈
각기 다른 인생도
날개 없는 노년의
소박한 일상들도
억새풀 사잇길에
붉게 익어 떨어지면

그 젊은 날의 자화상일랑
가을 창공에 은빛 달로
떠 있게 하면 좋으리

가을바람이
노을 하늘에 너울대면
또 얼마나 많은 이가
황혼의 뒤안길에서
쓸쓸한 여행지로
발길을 옮겨갈까

절벽 기슭에
찬바람 휘몰면
또다시 찾아오는
허기 같은 외로움이
이끼처럼 돋아날
노년의 얼룩들

나이 한창일 땐
가을 단풍에
취하도록 물들어
등 뒤에 밀려오는
훗날의 늙음을
그 누가 예견이나 했으리라

밤하늘 수많은 별이
기억 속에 있기로
살아온 세월 툭툭 털고
소슬바람이 등허리를 후벼 파도

한 땀씩 굴리는
사랑의 기도로
노년의 인생을 치유하는
아름다운 길 위를
느리게 행복하게
걸어가면 좋으리

훗날

어느 날
내 인생의
긴 여행을 마치고
돌아와 앉은
책상 앞에서
진실로 행복하였다고
적어갈 수 있으면 좋겠다

채워지지 않는
목마른 삶이었다 해도
모두 잘 정돈되어
미소 짓는
노후의 모습을
아름다이
적어갈 수 있으면 좋겠다

쏜살같이 지나간
수많은 세월
강물로 걸러내어
한 조각의 사랑을
물감 없이 선명히
그려내면 좋겠다

그리하여
지순한 사랑
못다 한 말들
지면 위에 마저 적으며

한세상 부족함 없이
그저 행복하였노라고
독백할 수 있는
노후이면 좋겠다

내 가슴에 흐르는 강

°젊은 날의 꿈

햇볕 잘 드는
툇마루에 앉아
하늘에 떠가는
뭉게구름 바라보며
책 한 권 펼쳐 들고
꿈을 꾸듯 살고 싶었다

그곳이
산골이든 바닷가든
아름다운 풍경을 베고 누워
오수의 꿈을 꾸며
살고 싶었다

때로는
다 비워낸
소담스러운 미학의
그림을 그려도 보고
세상 것 절반 이상 덜어낸
단아한 한옥의 정취에 잠겨
깊은 여유로움을
꿈꾸어본 적도 있었다

거짓 없이 단조로운
마당 한 곳에서
수많은 언어들이 사박대는
그런 정겨움을 느끼며
마당 샘 파놓고
두리둥실
행복하고 싶었다

또한 정갈하게 진열된
각종 발효 항아리 옆에서
채에 거른 향내에 취해
심장까지 마비될
그런 감동을 느끼며
살고 싶었다

텃밭에 무성한 잡초들이
호미 끝에 끌려 나와
뙤약볕에 사정없이 버려져도
채전에 씨 뿌리는 즐거움으로
해지는 줄 모르며
살고 싶었다

그러다 어둑해지면
정적이 성곽처럼 에워싼
작은 마루에 앉아
등불 하나 걸어두고
소반 차려 물 말아 밥 먹고
허리 펴고 쉬는
그런 행복한 삶이고 싶었다

그러나
사랑하는 당신이여
어느새 우리
꽃도 잎도 다 져가고
물 바람 같은 세월 앞에
초조한 오후가 다가서는
지금 여기까지 와 있네

그래도 아직 우리는
치자꽃 같은 물색으로
마주 보며 얘기할 수 있는
여유로운 시간이 있음을

내 가슴에 흐르는 강

손에 쥔 것 다 버리고
젊은 날의
내 꿈도 내리고
좋았던 날들에 감사하며
떠나는 날까지
기뻐하며 행복하고 싶어

˚새벽 여명

내가 허허로울 때
훌쩍 떠나 찾아갈
그리움이 있다면

새벽 여명 열릴 때
안개처럼 가슴 열어갈
사랑이 있다면

밤늦도록
찻집에 앉아
젖은 음악 진한 향기

함께 젖어 들어줄
기다림이 있다면

내 가슴에 흐르는 강

전해지는 감동으로
절절한 마음으로
감싸줄 다정한 눈빛이 있다면

그것은
소리 없이 흐르는
내가 사랑할
한 줄기 강물인 것을

°마음의 창

오늘 밤
창밖 바람이
몹시 다정한 소리를 낸다

밤이 있어
마음은 더
풍부해지고

부르는 이름은
더욱 가까이
여울져 오고

모든 것 다
아낌없이
내어주고 싶은 밤

내 가슴에 흐르는 강

별빛 같은
그리움이
밀려오고
언제나
함께 있어
가슴 따뜻한 이름

함께 호흡하듯
내 안에 있는 사람
인생의 행복 위에
소중한 얼굴로
함께 가고 있다

°비밀 얘기

마음속 간직한
작은 서랍 열면
고향의 달과 별이
비밀 하나씩 말해주지

그 밤안개 한 줄기
가슴속에 흘러
감출 수 없는 사랑으로 고였음을
비밀 서랍이 말해주지

무엇이 홀로
강변을 걷게 했는지
산길을 걸어
숲속을 헤매야 했는지

아마도
깊이 숨은
꽃다운 비밀 얘기를
내 작은 서랍 속
목마른 추억이 말해주겠지

누가 숨겨놓은
아물지 않은
아픔인가를

내 작은 서랍 속
가슴 비밀이
말해주겠지

°이슬 마음

사랑이라는
간절한 마음속에
그가 내 사랑이었다면
영원히 잊을 수 있을까

창밖에 서성이는 별빛들이
그가 보내준
한 장의 편지라면
일생을 두고 잊을 수 있을까

어디론가 떠날 때
앞을 막아서며
함께 가자 했다면
흔들림 없이
그가 내 사랑일 수 있었을까

찻잔 속에 비치는
연기 같은 그리움을
두 손에 움켜쥔 채
내 앞에 그가 있다면
사랑 하나 품으며
다가갈 수 있을까

오늘 석양에 물든
바람 같은 울먹임은
이슬이 남기고 간
발자국인가

°장미 눈물

당신이
나의 님이 되어
내게 오셨더라면
순백의 봉오리
꽃으로 피어
넓은 가슴에
안겼을 텐데

당신의 순박하고
선한 눈빛이
내 사랑으로
오셨더라면

비에 지는 장미로
가시 많은 눈물
흘리지 않았을 텐데

당신이
내 이름을 부르며
촛농처럼 흐르는
눈물 닦아 주었다면

이다지
검붉은 장미로
물들지 않으며
서러워 울지도
않았을 텐데

오늘도 여름날
장미는 비에 젖고 있네

°촛불을 켜면

잇어야 한다는
그 말 한마디
무심히 하고픈
밤이 있습니다

마음속 깊은 곳에
숨어 있는 세월을
하얀 손수건 위에
접고 싶은
밤이 있습니다

울고 싶고 사무치고
그리워지는 아픔까지
걷어내고 싶은
밤이 있습니다

내 가슴에 흐르는 강

때로는 가슴 자리
하얗게 메워지는
슬픈 추억을
지워버리고 싶은
밤이 있습니다

그렇게 멀어져간
기억을 안고
어둠 속을 헤매고픈
그런 밤이 있습니다

°꽃잎에 부는 바람

처음으로 나에게
별빛처럼 다가온
그대는 자욱한
안개꽃이었다

그 안개꽃
자작하게 피어나고
내 마음이 열릴 때

나는
꽃잎에 부는 바람처럼
그대를 기다리는
강가 무지개였다

날마다 떠오르는
그리운 얼굴로
그대는 나를 찾는
한 마리 휘파람새

나는 그대 찾는
한 마리 숲새였다

내 깊은 심중에
안타까운
사랑 하나 안고

가슴 여민 나는
그대를 떠나야 할
슬픈 달빛이었다

돌아서는 등 뒤에
부는 바람은
닦아도 흐르는
내 눈물이었다

°별을 헤는 아이

그리움이 무언지
밤마다 찾아오는
별 하늘을 보면서
눈물짓던 그 이유를
그때 알았지

잠들지 않고
별빛 창에 기대어
설레는 마음
어루만지며
왜 그랬는지
그때 알았지

살며시 귀 기울이면
가만히 들려오는
풀벌레 소리에

은하수 반짝이는
별을 헤며
무슨 생각하는지
그 마음 그때 알았지

처음으로
두 볼이 붉어지는
사랑이 찾아오고

라일락 향기
진하게 불어왔을 때
그가 누구인지
그때 알았지

조금씩
새싹처럼 싹트는
맑고 고운 눈물도 알고

비로소
예쁜 꿈을 꾸며
행복을 만질 수 있다는 것도
그때 알았지

빗물 같은 인연

빗물처럼 흘러내린
사랑이 있었음을
나는 안다

닦아도 다시 젖는 사랑은
눈물이었음을
나는 안다

멈추지 않는
간절한 바람이
빗소리 따라 떠난 날
보내주어야 했음을
나는 안다

너무 아픈 천둥이었고
너무 슬픈
비바람이었음도
나는 안다

모든 것이
잔잔해지고
강물이 바다에 머물 때

비로소
인연의 꽃은
지상에서 가장
아름답게 피어남을
나는 알았다

° 별 뜨는 밤

한 점 여백 없이
산골 밤하늘을
빼곡히 수놓던
별들의 나라가
내게는 있다

나는 이제
자꾸만
그 시간 골목을
걸어가고 싶어진다

온갖 삶의
희비가 지나가고
마침내 까마득한
그 시절 기억 속을
걷고 싶어진다

세월이 무심히 가버려
너무 늦게야 도착한
내 일생의
꿈속 별나라

그곳이 그리워서
그 맑고 고왔던
아득한 시간 속을
나는 이제야
걷고 싶어진다

언제나
산골 별나라 생각하며
가슴 저미게 애태운
한 묶음의 세월

촛농처럼 녹아내려
다시 굳으며
이제야 멀고 먼
별나라에 핀 생명의 꽃

나는 이제
별빛 어우러진
흙 마당에 누워

머리 위를 지나는
엉성한 바람에도
행복을 느끼며

예전처럼
별나라 공주가 되어
새로운 마지막을
살고 싶어진다

°안개꽃 다발

안개꽃
한 아름 모아
낡은 탁자 위에
올려놓으면

자작하게 핀
고품 있는 맵시
하늘에서 내려온
천사의 날개 같다

모여 있으면
수만 개의 물방울로
신비의 물결을 이루는
백설의 바다

하나 홀로 있으면
갈 곳 잃은 가난한 몸짓
외로움에 가냘피 우는
허기진 향기의 눈물

내 가슴에 흐르는 강

그래서
한 아름의 속삭임으로
모여 피어 행복한 꽃

기쁨을 모아
해맑은 사랑꽃으로
꽉 채운 아름다운 꽃

빗방울을 닮아
영롱한 그리움인가
눈물방울을 닮아
연약한 설렘인가

네가 내게
한 아름으로 와 안기면
나는 하얀 구름 정원을 거닐듯
너로 인해 하얀 웃음을 웃고
오래도록 그 향기에
취해 살겠네

°한 송이 백합

내 마음에
너를 심어
향기로운 사랑으로
피워낼래

나는
너의 꽃술을 찾는
한 마리 나비 되어
내 청춘으로 돌아갈래

이슬이
너를 적시면
내 사랑이 증발하지 않게

너의 꽃볼에
입 맞추며
너의 눈 속에 빠질래

내 가슴에 흐르는 강

그러다
세월강이
너를 띄워
뱃놀이 가면

나도
그 강물 따라
흘러서 갈래

길가에 핀 꽃

이름 모를 꽃들이
아름답게 피어난다

옹기종기 야무지게 피어
향기로 단장을 하고

차려입은 물색 옷은
너무도 앙증맞다

갖가지 색깔로
자신을 드러내고

예쁜 표정 지으며
길가마다 웃고 있다

행여 내가
그냥 지나쳐 갈까

팔을 내밀어
늘어지게 피어있다

나도 쓰다듬으며
꽃잎에 입 맞춘다

그 향기 맡으며
사랑한다 말해주고

간드러진 오묘한 향기
가슴 가득 차오면

이름 모를 꽃들이
내게 준 기쁨으로

나의 하루는
기쁨과 감사로 채워진다

°나이

누가 나이 들어감을
싫다고 했던가
세월이 갈수록
성숙해져 가는
인생의 나이가
아름답지 않은가

주어진 삶을 영유하며
감사할 줄 아는 나이

조금은 부족해도
조금은 흐릿해도
그리 초라하지 않은 나이

생각이 풍부하고
마음이 열리어
삶의 기쁨을 느끼며
참 양식의 가치를 아는 나이

내면엔 올바른 지표가 서고
방향 감각을 알고
비우고 버림에 귀 기울이며
빠름과 느림의 미학을 아는

그래서
유혹에 흔들리지 않고
환상에 빠지지 않는
실패하지 않을 곧은 나이

많은 걸 체득한 젊은 날을
더 값지게 승화시킬
지금의 나이가 좋지 않은가

살면서
미움과 위선이
왜 없었겠는가
시기와 질투가
왜 없었겠는가
수많은 갈망 또한
왜 없었겠느냐마는

나이가 가르쳐주어
겸손과 감사를 알기에
누군가를 용서도 하고
진실로 사랑할 줄 아는
지금의 나이가 좋지 않은가

헐렁한 스웨터 한 벌 걸치고
민낯에 싸구려 가방 들어도
티타임에 만나 허물없이
편안한 수다를 떨 수 있는
잘 익어 발효된 친구가 있어
참으로 행복한
지금의 나이가 좋지 않은가

과할 것도 넘칠 것도
모자람 없는
마음 넉넉함에 익숙해져서
창가에 모여든 햇살 한 가닥에
아름다운 미소를 짓는
지금의 나이가
한없이 좋지 않은가

비록 저물어가는
노을길을 걷고 있지만
살아가면서
여유로운 행복이 무언지
소중함이 무언지
많은 지혜를 얻어

잘 저물어가는
지금의 나이가
너무도 좋다

아직은 영혼이 맑고
마음이 부유하여
행복하게 살아갈 수 있는
건강한 지금의 나이가
참으로 좋다

내 가슴에 흐르는 강

긴 세월 거친 바다
풍랑도 잠재우며
순풍에 노 저어
여기까지 잘 데려다준
고마운 나이

지금처럼
더 오래 내가
내 나이를 사랑할 수 있기를

°시를 쓸 때면

고운 언어 한 톨이
마음속에 심어져

속살까지 파고들며
자라나는 집념이어

융단 같은 마음 잔디에
죽순처럼 돋는
기쁨을 쓰는 이여

사계절 마음 글을
나뭇가지마다
주저리 매다는구나

내 가슴에 흐르는 강

손끝에서 태어나는
아름다운 언어들은

세상 온갖
빛깔과 향기로
행복한 삶의
옷을 입는구나

오늘도
비어있는 내면을
고운 언어로 채우는
아름다운 시인이여

자연의 기도

나뭇잎들의
소리에도
기도가 있다

새들이
천국이라
날아들고

사람들은 함께
자연의 기도를 듣는다

나무는 윙윙거리고
비는 추적대며
꽃은 향기로

저마다의 몸짓은
독특한 기도의
방문을 연다

내 가슴에 흐르는 강

바람은 늘
기도의 노래를 하고
바다는 늘
춤추며 일렁이고

파도는 늘
철석이며 부서지고
이렇듯 늘 일어나는
자연의 울림은

한결같이
기도의 시를 읊는다

숲에서도
바다에서도
내가 알아듣지 못해도

아름다운 자연의 소리는
오늘도 기도가 되어
내게 행복을 준다

°말의 향기

하루 중
말의 씨앗을
무심히 뱉어
이기심을 심는 일은 없는지

좋은 말 고운 말은
옥토에 심어져
튼실한 뿌리를 내려
수많은 기쁨으로 자라지

나쁜 말 한마디는
듣는 이의 가슴에
따가운 가시로 남아
기쁨을 앗아가는
무서운 원망이 되지

하루의 대화 중
따뜻함과 성숙함으로
배려하는 사랑은 있는지

내 가슴에 흐르는 강

돌아서서
시기하는 이웃이 아닌
사랑으로 보듬어 주는
따뜻함이 있다면

좋은 말은
아름다움을 남기고
고운 말은
향기를 내어
값진 열매를 맺을 것이다

°사월의 너와 나

파아란 초록빛
신록을 보노라면
문득 너와의 곱던
추억이 생각나고
비단 같이 하늘거리던
그 초록빛 들녘에
나서고 싶어진다

하늘 향해
한가로이 선 나무에도
신비를 토하듯
그때의 푸르름이
촘촘히 이어지는구나

마음은 보석처럼
그날에 머물러 있고
무수히 지나간
시간과 공간에
너와의 눈빛이
아련히 걸려있구나

내 가슴에 흐르는 강

어언 수십 고개로 밀려
무성하게 살아온 세월
그 안에 잊고 있었던
너와의 추억이
조금씩 빗장 친 싸리문을
열고 싶어지는 것은

정다웠던 우리의 언어들이
석류알처럼 알알이
영글어 있기 때문이겠지

오늘따라 이 사월은
푸르기만 한데
먼 곳에 있는 너의 마음에
사월처럼 푸르게
남아있고 싶구나

°숲을 걷는다

오늘도 내가 걷는 숲길에
푸르름이 비처럼 내려
마음이 숲 목욕을 한다

따사로운 햇살이
내 뒤를 따라와
자유롭게 동행을 하고

처음인 듯
가벼운 마음으로
조금씩 숲을 열고 걸으면

돌무더기 사이로
한가로이 졸고 있는
풀 내음도 만난다

내 가슴에 흐르는 강

고목 아래
삐죽이 숨어 있는
햇살이 눈 부셔

나무들은
지난겨울 입었던
마른 옷 벗어버리고
푸른 비단옷을 갈아입었다

변함없이 돌고 도는 계절은
나에게 말해준다
마음 안에도 계절이 있다고

먼저 내어주고
먼저 열어주면
따뜻한 사랑의 계절이
행복 안고 온다고

°산길

비탈길
한참을 올라
머리에 해를 이고
산바람 마시면

심신은 숲 바다에 떠 있고
흐렸던 시야는
계곡처럼 맑게 흐른다

자연은 언제나
위대한 가르침을 주며
잠자는 의지를
일깨워준다

나무 사이로
햇살이 파고들어
깊어진 우울감을
따뜻이 녹여주며

산길에는 어김없이
새들의 노래가 있고
솔바람 향기가 함께 있다

들을수록 좋은
계곡물 소리 뒤를 따르고
가끔은 사슴 울음도 있다

발아래 차이는
돌부리에 걸려
늦가을 떨어진
도토리 위로 구르기도 한다

산이 주는 풍요로움을
마음껏 만나기 위해
산길을 걸으며 하늘을 보라

수풀 사이로
바람이 지나간다

°좋은 마음

향기 나는
지혜 한마디 얻어
하루를 감사히
살면 좋겠다

고운 말
밝은 미소
따뜻한 눈빛을
마주하면 좋겠다

나무를 닮아
곧고 정직하게
무언의 사랑을
가꾸어 가면 좋겠다

내 가슴에 흐르는 강

더디 가도
서두르지 않고
욕심 없는 마음으로
서로에게 기도하고

따뜻한 사랑이
세상을 물들이는
이해하는 마음으로
행복을 키워 가면 좋겠다

작은 것에 감사하며
고운 심성 가꾸어
오늘도 겸손이 기쁨을 낳고
나눔의 사랑꽃 피는
좋은 관계 만들면 좋겠다

회색빛 설렘

누군가 띄워 보낸
영상 속 음악이
애절하다 못해
눈물이 흐르네

사랑은 한순간
심장이 멎듯 오는 걸까
숨이 막히듯
그렇게 오는 거였나

누군가의 뜨거운 사랑을
흐르는 멜로디로 느끼며
가슴이 한동안 설레네

이 나이에
그러하진 못해도
한 번쯤 나도
회색빛 가슴이
설레니 좋다

내 가슴에 흐르는 강

° 눈뜨는 봄

안개 덮인
산마루

그 너머
아름다운
미소를 품은

연분홍 봄빛이
기다리고 있을 것 같다

하늘에는
흰 구름 한 조각
유유히 떠가고

맑은
바람결에
초록 물듦은

오늘
더욱
고운 연둣빛이다

°내 사랑은

나의 삶을
사랑하게 하는 이 있어
생각하게 하네

따사로운
봄날이 이럴까

햇살 속
아지랑이가 이럴까

참 행복하게 하는 이 있어
누구일까
생각하게 하네

마음 차가울 때
따뜻한 물 한 모금
고여 들게 하는 이 있어
그대인가 느끼게 하네

내 가슴에 흐르는 강

다 잊어버려도
기억하나 톡 하고 떠올릴
가시 없는 장미로
피어있을래

마음이 순수한
바보이고 싶어
나는 좋은 사람이고 싶어

시간이 가도
은근하게 데워진 채로
오래 머무는
바보 같은 사랑이
나는 좋아

그러다 어느 때
마침표를 찍어도
행복해하는
바보 같은 사랑 말이지

°기도하는 마음

이른 아침
한 줄기 빛이
창으로 비춰들면
나는 버릇처럼
고개 숙여
두 손을 모은다

아주 작은 기쁨부터
마음 안에 가득 차
감사기도 바치는
나는 순례자가 된다

고요한
정적 속으로
성당 종소리 들려오면

한 알씩 굴리는
내 기도의 손길엔
믿음의 등불이 밝혀진다

눈을 감고 있으면
소망과 사랑이 이루어지는
마음 포근함이 고인다

오늘 하루도
내 기도의 축복이
모든 사람의 가슴에
산과 같고
강과 같았으면 좋겠다

°작은 풀꽃

오늘 내가 만난 너는
들꽃 중에 가장 작은
비단 연두꽃

밤새 별빛이 찾아와
뿌리고 간 이슬로
보석 같은 미소를 달고 있구나

소리 없는 바람처럼
풀숲에 고이 숨은 너는
산소 같은 들꽃

소나기가 동이물을 부어도
다소곳이 숙여 피는 작은 꽃

별빛이 이별할 때
남긴 은빛은
풀잎에 물든 너의 향기로구나

내 가슴에 흐르는 강

보고 있으면
매혹적인 들꽃
두 가닥 댕기 머리 같아

오므린 꽃술은
갑사 옷을 입은 듯
기묘하구나

너의 고운 꽃잎에 스미어
내 마음
풀꽃 한 송이 되고 싶어라

°봄이 가는 길목

비 갠 어느 날
나지막한 야산 길을
옛일 생각하며
조용히 걸었네

진달래가
말없이 지고 있는
봄이 가는 길목

산새 품은 햇살 숲속에
진초록 잎들이
나부끼는 길에서
지난날 생각하며
꿈을 꾸듯 걸었네

내 가슴에 흐르는 강

좀체 사라지지 않는
젊은 날의 기억 속을
하늘에 구름처럼
떠다니며 걸었네

조각을 맞추듯
흘러간 순간들을
하나씩 모으며
봄이 가는 길을
마냥 걸었네

°그대 내 곁에

마음은 아직
푸른 풀밭 같아
꽃길을 예약하여
그대와 걷고 싶다

얼굴엔 깊은 주름 앉아
모습은 미웁지만
출구 없는 향기에 갇혀
그대 위한 서정시가 되고 싶다

좋은 그대 내 곁에 있으니
세월 간다고 울지 않을래
착한 그대 내 마음에 있으니
노을 진다고 슬퍼 않을래

세월인들 노을인들
이 또한 흘러가는 것
강물이 야속하다고
그대 노여워 마

낙엽이 진다 하여
그대 외로워 마
나의 뜰엔 아직
그대와 즐길 향연이 있어

누구도
시작과 끝은
알지 못하지만
한 번 오면
한 번은 가야 하는 인생

그 또한
청산 아래 물길임을
나는 안다
그러므로 오늘 하루도
그대 안에 기쁨을 수놓으며

방울방울 행복의
과즙을 짜서
두 잔이 넘치도록
사랑 채우려 한다

°꽃밭에서

나는
고운 꽃잎이고 싶어라
꽃볼마다 묻어나는
향기에 취해

잎마다
맑은 초록 물 머금은
너울 쓴 공주이고 싶어라

줄기마다 매달린
이슬처럼
한 방울씩 젖는
행복이고 싶어라

때로는
마음결에 전해오는
영롱한 꽃빛이 되고

두 팔 벌려
하늘 전부를 받아
그대에게 안겨 줄
찬란한 꽃밭이고 싶어라

° 정오

창 맑은 정오
간밤 빗물이
오염 하나
남기지 않았네

어제 없던 토사 위에
제비꽃 가족들이
보랏빛 정원을
꾸며 놓았네

초록 비단 잔디가
옆집으로 이사 온
제비꽃 가족을 반기네

°나의 강

눈 감으면 더욱더
은빛 출렁이는
그리운 강

평생토록
나를 안고 흐르는
나만의 강

가슴속에 여울지며
목숨처럼 살아 흐르는
너는 나의 강

애잔한 눈빛 속에
샘물처럼 솟아올라
내 허무를 달래는 강

안개 사라진 후
노을빛 햇살에 감겨
내 고운 뜨락에
흘러드는 강

이별처럼 멀어져 간
내 그리운 강은
오늘도 눈부시게
내게로 흐르고 있다

°강물 노래

지금도 너는 내 가슴에
아름다운 노래를 남기며
흐르고 있다

싸리문 나서면
푸른 들 푸른 물결
옷자락 적시던 추억이
물안개로 피어오른다

해 저무는 샘터에서
파릇한 마음 씻으며
너를 닮은 노래를 부르면

그 강 건너
네가 올 것만 같아
배고픔도 잊은 채
기다림만 가득 찬 그날

너는 아련하도록
보고픔만 남긴 채
마르지 않는 강물로 흘렀다

이제는
마음에만 흐르는
무수한 사연이
강물 노래로 흐르고 있다

°돌아온 산새

나는 다시
산비둘기 되어 돌아왔다
솔가지 도토리나무
울창한 청산 아래
내가 다시 찾은
고향 같은 산

찻잔 놓인 널찍한 창가에
실바람 불어
숲들이 정겹게 노래한다

거실 가득
햇살이 비춰들어
마음속 묵은 잿빛까지
살균되고 만다

산을 바라보며
온몸 가득 온기 같은 기쁨이
나를 감싸며
행복하게 한다

내 생에 다시 얻은
아름다운 선물
복된 삶을 주신 이
어느 누구인가

°햇살과 바람

창문을 여니
푸른 하늘 조각구름
어제의 아쉬움이
거리를 헤맨다

접어두었던
떠도는 상념들을
오늘 아침
햇살 바람에
날려 보내니 좋다

열린 창문으로
햇살 친구가
쏜살같이 들어와
의자 위에 올라앉아
냉기를 몰아내니
맑은 공기가 좋다

내 가슴에 흐르는 강

기다렸다는 듯
바람도 한 줄기
얼른 밀고 들어와
여기저기 기웃대니
청정함에 취한다

서늘함이 깔린 바닥에
미소 짓는 햇살 조각이
속살까지 파고드니
움츠린 가슴이 여유롭다

실크 잠옷 자락이
호숫가 감미로운 안개처럼
금빛 선율 되어 흐른다

오늘도
햇살 한 줌
바람 한 줄에
풍요롭고 아름다운
기쁨을 쓴다

°차 한 잔의 여유

차 한 잔의 여유가
은은하게 번지는
행복한 하루

가만히 창가에 다가앉으면
잊고 살았던 지난 일들이
작은 가슴에 찾아와
산책을 한다

고요한 침묵이
찻잔에 녹아내려
잠자는 기억을 깨우며
진한 그리움을 만난다

내 가슴에 흐르는 강

삶에 지친 메마른 시간도
뜨겁게 우려낸
차 한 잔의 향기로
곱게 물드는 여유

탁자 위에
향기로운 추억 하나
놓아둔다

언제 넘어갔나
하루해가 짧기만 하고
어둠이 내리려 한다

붉은 노을은
서산에 물들고
대답 없는 오늘의 메아리는
또 하루를 거두어간다

°다시 생각나는 날

겨울 달빛이
산간 초가에
고요히 흐를 때
길섶 이슬밭 지나
강가 숲길을
하염없이 걸었던
그날을 생각한다

아무도 없는 곳에서
유난히 밝은 달빛을
온몸으로 받으며 걷던
쓰라렸던
그날을 생각해 본다

찬바람은
등을 떠밀고
이별은 목놓아 울고
눈물의 강이 흐르던
그날을 생각해 본다

내 가슴에 흐르는 강

마음속 헝클어진
수풀 같은 매듭을
풀지도 못한 채
차가운 그 겨울
달빛이 되어버린
그날을 생각해 본다

아름다운 사랑도
그리움의 마음도
모두 떠나버린 날

달빛 품은 강물만
무심히 흘러가던
그날을 다시 생각해 본다

°길 위에서

어느새 시간은
마음을 재촉하고
어딘가 정해진 곳을 향해
산과 내를 건너
모두가 가고 있다

앞선 발자취 따라
한 번은 가야 하는
돌아올 수 없는
먼 길임에도
가보지 않은
두려운 길임에도

아무 거리낌 없이
모두가 가고 있는
길 위의 인생

내 가슴에 흐르는 강

수많은 삶의 애착들
모두 두고 떠나야 하는데도

어느 누구
그 하나
묵묵히 거부하지 않는 길

°노년의 일기

바람 불어오면
올올이 감싸주고
먼 길 함께 걸어
여기까지 왔네

다정하고 좋은 사람 옆에서
험한 길 걷지 않고
아름답게 왔네

마주 보며
일구어 온 터전
초목처럼 믿음 키워
작은 소망 이루었네

서로 깊은 인연
힘든 일도 좋은 일도
함께하여 왔네

내 가슴에 흐르는 강

해가 저무는
저녁답 길에
야윈 걸음이
조금 무거워 오네

기운 떨어진 눈자위가
어지러워 자꾸 허둥대네
그래도 우리 사랑
노년의 강물에
조각배 띄워
마주 보며 행복하게 사세

°이 아침에

후미진 길섶에도
숨은 계곡에도
산새가 밟고 간
하얀 꽃 자국

산과 들이
새하얀 설화로
백색 눈부신
꽃등을 달았다

눈동자 속
아련한 설렘은
마음이 부시도록
동심에 젖게 한다

살아온 세월 마디에
한 올 우둔함까지
씻어내고 싶은
설원의 아침

내 가슴에 흐르는 강

은박으로
수를 놓은들
저만큼
희고 아름다울까

눈에 덮인
겨울나무들이
무게에 못 이겨
늘어져 눈물 떨구고

하늘 아래
우주 속 대자연이
순백의 설화로
온통 출렁인다

눈 덮인 산길에
둥지 잃은 산새
그 뒤를 따라
이 아침을 걷는다

°눈 내리는 날

산 계곡 눈바람이
몹시 불던 날
산새 퍼덕이는
겨울 길을 걸으며

언제였던가
그와 함께했던
옛날을 생각한다

눈 쌓인 호젓한 길
마른 잎 몇 장 매달린
겨울나무 위로

그때처럼
해넘이 노을이 내려
앙상한 산비탈을 물들인다

아무도 없는
텅 빈 눈밭을
혼자 쓸쓸히 걷는다

추억을 밟으며
조각 무늬로 새긴
그리움의 상자에
진주 같은 사랑 하나
채워 넣으며

하얀 눈 위를
내가 걸어가고 있다

°마음의 길

오늘 하루
마음의 때를
벗겨 내라고
흰 눈이 내리는가

고뇌로운
일상의 먼지
털어내라고
바람이 부는 건가

한 뼘의 욕심
내려놓으라고
마음의 산길엔
어둠이 내리나 보다

버겁게 가지려
애쓰지 말라고
겨울나무는
저렇게 빈 몸이구나

엊그제
초록 잎에
이슬 구르던
내 젊음도

한 걸음씩
재촉하며
쉼 없이 오다 보니
벌써 여기 이르렀네

못 보고 놓친
들꽃들의
미소와 향기를
가슴에 담아

이제는
조금씩
덤덤하게 가련다

가다 보면 어느 날
예고 없이 마주칠
길 하나 있겠지

그 길에 지니고 갈
단 하나 영혼 위해
평온한 마음으로
기도해야겠다

°옛길

지금 그리운 것은
흘러가 버린
내 젊은 날의
백옥 같은 추억들이다

동이 트면
안개 속 걸어
재를 넘던 비탈길

적송 청송 우거진
계곡을 돌아
박달나무 즐비한
그 옛길이 그리운 것이다

내 가슴에 흐르는 강

찰나처럼 스쳐 가는
세월의 고삐를
조금씩 풀어가며
그 길에서
쉬어보고 싶음이다

청량한 솔숲 향기
등 뒤의 석양까지도
내 것이던 그 길

지금에사
전부가 그리움이라
이제라도 그곳에서
옛길을 걷고 싶음이다

°비움의 끝은

누군가는 말하겠지
오르기만 하면 좋을 것 같아
쉬지도 주저하지도 않고
앞만 보고 왔다고

세상살이도
쉴 틈을 주지 않아
전진만 하며
이기심을 키워왔다고

좁은 골목 작은 소리에도
삶의 소중함이 있음을
욕심이 전부가 되어
몰랐음을 말하겠지

가장 무거운 고통이
욕심이란 걸
한참 늪에서 헤매다
깨달았음을 말하겠지

앞선 이도 뒤선 이도
욕심의 사슬에 묶이면
석양이 아름다운 것도
수목 우거진 향 내음도
알지 못한 어리석음이 되지

무에 그리 화급하여
허둥대며 살았는고
이제야 느긋이 마음 열고
여유로운 생각하며

늦기 전에 한 짐 가득
기쁨의 배낭 메고
자유로운 여행길 오름을
누군가는 행복하다 말하겠지

인생은 쓰지만
달기도 한 것을
훌훌히 비워보면
그 끝은 가벼운 것을

°별 하나가

오늘도
내 마음에
별 하나의
바람이 부네

밤이 되면
저 멀리서
그 별 하나가
오네

아주 가까이에
다가와
마음을
따스하게 하네

밤하늘에
뜬 별 중에
그 별 하나
유난히 밝게 빛나네

내 가슴에 흐르는 강

정녕 이 밤도
알 수가 없네
나는 알 수가 없네

왜 그 별이
내 가슴에 뜨는지
왜 그 별이
내 창을 두드리는지
나는 알 수가 없네

내 혼의 기도에
잔잔히 스며있는
그대가 누구인지

그 빛이
유순하고
다정도 하여라

°편지

너에게
보내기 위해
안개 강을 건너
편지를 부쳤네

산길을 걸어
들길을 걸어
하고 싶은 말 있어
편지를 부쳤네

괜히 부친 편지 같아
돌아와 후회해도
그건 그리움이었네

가끔 달빛이
길을 밝히면
둘이 걸어
이슬에 젖던

행복했던 날을
너도 떠올려
생각하는지

새처럼 너는
어디로 날아가고
나는 꿈을 꾸듯
편지를 쓰네

°잎새의 사랑

내가
너의 이름을 부르면
너는
초록 물감 짙게 들인
날개옷 차려입고
파란 향기로
나를 반겨주었지

너의 예쁜 방문을 열고
내가 맨발로 다가가도
너는 싱그러운 초록 물로
나의 발을 씻어주었지

너의 잎새에
입을 맞추고
향긋한 사랑에 취해

종일토록
너의 곁에
머물러 있었지

그런 나는
너를 안고
가냘프게
푸른 노래를 불렀지

°야생화 향기

상큼한 향기가
가까이에
와 있을 것 같아
하늘길에
구름 가듯
들길을 가네

불현듯 생각나서
길섶을 헤집어도
아직 너의 향기는
닫혀있구나

얼마나 더 기다리면
가슴 자리 차지할
너의 향기 만날까

언 땅이
부드러운 바람을 만나
산과 강이 녹아야
너를 만날 수 있나

내 가슴에 흐르는 강

널 좋아하는 이유
다듬지 않아도
간드러진 너울 쓰고
날 찾아주는 향기네

오늘도
기다려지는
너의 외출

아주 작은
풀 향기라도
흙무덤 헤치고
나오려무나

여기저기
발길 닿는 곳
안개비처럼
내가 걷는 들길에
먼저 와주렴

호박꽃

창 아래
조그만 흙밭
파란 보석 맺어
입 오므린
순한 꽃

그 보석 키우려고
다문 입
조금씩 열면
진통까지 받아줄
넉넉함 있네

바람 불어도
흐트러짐 없고
비를 맞아도
까다롭지 않은
순하고 착한
호박꽃

내 가슴에 흐르는 강

따가운 햇살 아래
더욱 힘차게 뻗어
하나씩 또 하나씩
보석 같은
자식 낳아 기르네

널따란 잎으로
윤기 나게 품어 안고
마디마디 길 밝히는
노오란 희생이네

활짝 핀 사랑
넓은 그릇에 담아
푸근함을 안겨주는
사랑의 호박꽃이네

°아침 햇살

햇살이 눈 부시네
아침 창을 여는 내게
따사롭네

어느 때
약속하고
떠난 사람이
내게 오면
좋을 날이네

주머니 속
숨겨 놓았던
이름처럼
맑은 물방울로 뜨는
창가의 햇살

그때 그랬지
물안개 자욱한
이슬 젖은 강가
뒷모습 바라보며
내가 보낸 아침 햇살

내 가슴에 흐르는 강

°생각

따스한 봄빛이
내 마음에 물든 날은
첫사랑 수줍은 눈망울
꽃물 들던
어릴 적 생각난다

앞 뒷산 첩첩한 곳
달빛 모두 내 것이고

부엉이 우는 숲에
별이 지던 그곳
푸른 꿈을 키우던
어릴 적 생각난다

흑백의 붓 하나로
사랑을 쓰고
그리움 하나로
보고픔을 그려내고

기다림 하나로
가슴을 여미며
잎새에 숨겨놓은
그곳이 생각난다

°햇살 바람

햇살이
따사로운
창가에 앉아
앙상한
가지를 흔드는
바람 소릴 듣는다

삭막한
겨울나무에
걸터앉은 둥지엔
정교한 건축가
까치 한 쌍 분주하다

새봄이
머지않아
부는 바람
감미롭고

아직 정월이라
햇살이 행복하다
얼었던 개울물
마음 길을
열어주니

봄빛에
나와 앉은
바람 소리
훈훈하다

°봄 소리

언 땅이
녹는다
곧
산에 들에
움 돋고 꽃피겠지

겨우내
시린 마음
물기 없이 꼭 짜서

햇살 좋은
바람 줄에
한 올 한 올 널어둘래

찬 기운
지친 옷깃
그마저
탁탁 털어

봄이 오는
가지 끝에
희망으로
걸어둘래

오늘 하루
작은 여정
기도로 마치리

°어느 봄날

봄빛이
수줍게 내려앉아
연분홍 빛깔로
정오를 쓰다듬는다

고운 구슬 달고 나온
산수유같이
금방이라도
터질 것 같은
꽃망울들

네 잎 클로버를 찾는
작은 소망이
봄날에 물든 양
마치 두 볼이 부풀은
홍매화 같다

내 가슴에 흐르는 강

어느새
돌 틈 사이에도
파란 새싹이 자라
싱그러운 향기로
봄 식탁을 차려 놓았다

가슴에 스며드는
풀 향기 따라
고운 실바람
한 줄 불어와
봄 내음에 내가 취한다

잘 꾸며진
봄의 식탁에서
내가 행복을 먹는다

°하얀 찔레꽃

울타리 너머에
하얀 찔레꽃
슬픈 향기로
피어있구나

조그만 하얀 꽃잎
무리 지어 있어도
수줍은 가냘픔은
눈물 같구나

봄빛이
화사하게
널 만나러 올 때도
수수한 모습
슬픈 향기처럼
피어나는 너

내 가슴에 흐르는 강

누군가
인연이 있어
스치고 간 예전에
하얀 꽃 가슴에 안겨준
한 다발의 너

그 자취
머문 자리에
오늘도
하얀 찔레꽃

누군가를
그리워하며
잔잔하게
피어있구나

°예쁜 풀잎 사랑

숲속
반딧불 쫓던
차가운 손등에

달빛이
먼저 와
속삭였다지

이슬 머금은
풀잎처럼
동그란 마음 하나

별빛으로
그려내며
사랑을 키웠다지

사춘기
눈동자 속에
담아놓은 얼굴 하나

화산처럼
폭발하던
수줍은 가슴

익어가던
사랑이
거센 물살에 걸려

거부하는 운명 앞에
울었던
예쁜 사랑

어느 날
밤거리
사박거리는
별빛 아래

홀연히
바람 불어와
그리움인가 했다지

°마음이 우울하면

봄이 왔는데도
마음이 우울하면
분꽃 한 포기
화분에 심어보자

밑거름 넣을 때
마음속 근심 걱정
함께 묻고
심어보자

외줄기에
잎 몇 개여도
어느 날 분꽃은
무성하게 자라

까아만
씨앗 품고
진분홍
고운 꽃이 피지

함께 심었던
근심 걱정도
줄기 따라
꽃으로 맺어
생명물을 마시지

사랑꽃
기쁨꽃으로
다시 태어나

언제 우울했나
언제 근심했나
웃음 가득 담고
감사를 느끼지

°비움에도 기쁨이

아주 단순하게
다 비워내고

사방이 하얀
여백으로 채워진

그런 텅 빔으로
살고 싶다

자꾸 들어내고
매일 치워버리고

결국 내 몸 하나
담을 자리면 좋겠다

그 화려하던 시작과
위선도 포장도 사라진

이제는
작은 것에 친숙한

나만의 공간이
더 아름다운 것 같다

헤아릴 수 없는
인연들이

따스함을 남기고
하나씩 끊어져 나가듯

세월 바퀴가
또 한 번 돌아가고

비움에도
기쁨과 행복이 있음을
왜 이제 알 것 같은가

°밤비

밤새워
가랑비 내리더니
옥잠화
그윽이 피었네

무슨 일로
두견이마저
홀로 밤을
지새며 울더니
작약은
더욱 우거졌구나

회색빛
하늘이 열리고
가리어졌던
햇살 비추니
가슴 자락이
청정하다

내 가슴에 흐르는 강

짙푸른
초록 채전
물기 머금은
풋풋한 내음이
전신을
매혹시키고

싱그러운 푸르름
하늘에 물들어
눈부신 행복에 젖는다

°진달래

봄볕 아래
고운 진달래
진한 물감
터트리며

단아한
꽃봉오리
온 산에 가득하네

해 질 녘
산간 초가
저녁연기 오르면

먼 길
재촉한
허기진 시장기
진달래
따서 먹던
고향 뒷산 그리워라

°꽃비

잠결에
들리는
꽃비 오는 소리

유리창에
젖어 드는
고요로운 저 소리

어느 작은
연못에
꽃잎 뜨는 소리

들릴 듯
고일 듯
새벽바람 지나고

한 줄
마음 길에
나직이 고인 꽃비

°해당화

해당화
한 단 꺾어
봄 길
마중 나올
당신께 줄래요

밤엔
은하수 흘러
가슴벽
적시더니
이 아침엔
아지랑이
밟고 가래요

내 가슴에 흐르는 강

해당화
진한 빛깔
고이 기댈
당신 같아

가지런히
안고서
나
분홍으로
물들어요

°옛정

달빛 밝아
나섰던 길
쓸쓸한
숲 그림자

예전엔
있던 너
지금은
없는 너

날마다
넘치도록
보고픔을 달래며

오늘은
널 닮은
강물이 흐른다

저 달빛
품은 고독
수묵화로
그려내어

고인 눈물
그리움으로
돌아서야 하는 나

° 작은 소망

무성한
숲 아래
그대 오길
기다려

솔향기
가득한
의자 하나
놓아둘래

둘이 앉아
소박한 정
올올이 감아서

마음속
깊은 곳에
보석으로
달아둘래

　　　　　　　　내 가슴에 흐르는 강

계절마다
순례자 되어
그대 향한
기도가 되어

기쁨 방
마음 창에
등불 하나
켜둘래

°비 오는 날

빗속에
지는 꽃은
그리움이야

흐느껴
울며 오는
이별의
눈물이야

빗소리
처량함은
전율 같은
아픈 고독

숲속을 헤매는
목마른
울음이야

　　　　　　　　내 가슴에 흐르는 강

고독이
빚어내는
빗속의
외로움은

작은 마음
감출 길 없는
슬픈 기다림의
눈물이야

빗속을
떠나가는
얼룩진
이별이야

°숲에서는

여기
침묵의 숲 아래
녹색 고요가
나를 깨운다

무거운 욕심
훌훌히 벗고
겸허히 나를
돌아보게 한다

지쳐 찾아든
푸른 숲에는
구름도
노을도
한가롭다

　　　　　　　　　내 가슴에 흐르는 강

마음엔
숲을 가꾸고
가슴엔
향기를 가꾸어

나를
명상의 꿈길로
걸어가라 한다

불어오는
숲속의 바람도
태양 아래 누운
풍요함도

내 안에
숨 쉬고 있는
숲이 주는
행복한 기쁨이다

°국화

국화에 새긴
그리움의 편지
기쁨과 함께
그대에게
드리고 싶어요

뜰에는
하얗게
찬 서리 내려도

피어있는
국화엔
별빛 달빛이
쏟아져 내려요

내 가슴에 흐르는 강

그대 위해
품어 안은
건네지 못한
한마디

금색 실로
수놓은
국화 다발을
보낼게요

아직도
내 마음에
그대
그윽하여라

°달빛 뜨락

밤 깊은
가을 뜰에
소슬바람 한 줄기

달빛 타고
불어와
이 마음
울게 하네

풀벌레
소리 따라
홀로 걷는
내 그림자

별빛 걸린
나무 아래
나그네 되어
외롭네

달도 별도
떠 있는
눈물 한 줄기의
가을밤

내 가슴에 흐르는 강

°마음 향기

수정 무늬를 닮은
햇살 조각 사이로
내 작은 기쁨이
고여 든다

길가
즐비한 풀 내음
시냇물 따라
구르듯 흐르고

온 마음 적시는
고운 향기 있어
어느 이름 하나
부르고 싶어진다

작은 가슴
타고 내리는
이 그리움
어디로 흘러 닿을까

°시냇물 되어

내 마음
시냇물 되어
그대 있는 곳으로
흘러가리라

가다가
어스름 달빛 아래
그대 그리움 만나면

잊혀진 이름
다시 부르며
찬 서리 같은
서러움 달래리라

내 가슴에 흐르는 강

어느 날
운영雲影에 쌓인
이슬밭 거닐다

맴도는
눈동자 때문에
발길 멈춘
기억을 안고

잔잔하게 흐르는
시냇물 되어
그대 있는 곳
가까이 가리라

°사월 봄비

그대는
사월 봄비를
무척 좋아했고
바람 부는 언덕을
끝없이 좋아했지

때로는
보리피리 꺾어
내 방 앞에서 불어주고

보리 잎 내음
가슴 다 젖도록
안겨 주었지

내 가슴에 흐르는 강

그런 그대는
이 사월
어느 하늘 아래서
사월의
봄비를 맞으며
걷고 있을까

나는
안개 헤치며
지금도 이렇게
걷고 있는데

°석류

기다리다 못해
참을 수 없는
그리움을
가슴 다 열어
터트리고 마네

알알이 박힌
그 수만큼
보고픔을
붉게 감싼 채

햇볕 좋은
냇가 길옆에서
찬란하게
빨간 석류가
익어가네

내 가슴에 흐르는 강

°강가

마을 어귀
한적한 길
풀섶 따라 걸으면

강가
모래밭에
월광 쫓아
나는 물새

섶다리 아래엔
유유히
흐르는 물

옥석 빚던
밀물은
추억 실어
흘러갔네

°소망 하나

남향에
터를 놓고
단비 내리면
맑은 공기 흘러드는
창가에서 쉬리라

토담 벽
작은 방에
소망의 불 밝히고

기쁨의
향기를 내어
행복을 마시리라

내 가슴에 흐르는 강

이기적인 마음보다
사랑이 먼저이고
설익은 생각보다
잘 익은 정을 쌓아

당신과 함께라면
인내로 마주하여
푸른 숲
그늘 아래서
꿈을 꾸듯 살리라

내가 당신을 부르면
바다처럼 대답하고
당신이 날 부르면
소반에 향기 담아
대답하리라

우리가 만난 것은
하늘의 뜻이기에
끝나는 그 날까지
희망의 꽃 피우리라

˚인생

흩어져 누운
마른 잎 보며
삶의 잎새도
하나씩
떨어져 나감을 느낀다

파란 하늘에
푸른 꿈을 수놓던
아름다운 날 다 지나고

세월을 업고 온
희비의 무게가
지나온 자취를
말해준다

언제 올지 모를
마지막 생의 열매를
하나씩 따내기도 하며
허무로운 마음으로
하늘을 바라본다

저만치 다가온
산 하나쯤 앞에 둔
남은 시간들을
미리 헛헛해 함은
왜일까

저마다
둥지 찾아 떠나고
이 가을 적막하고 어두운 밤
산사에 홀로인 양
깨달음을 얻는다

°세월 가는 길목

산모퉁이 돌아
쪽길을 걸으면
무심한 세월이
가고 있음을
지나가는 바람이
말해주네

정해진 곳은 없어도
세월 따라
마음은 자꾸
끝 모를 지상의 여행을
하고 있네

언젠가
심산의 계곡물
마를 날 오면

아! 나의 삶도
끝이 나겠지

내 가슴에 흐르는 강

그저
헉헉거리며
숨 가쁘게 달려오느라
은혜받았음에도
세상에 태어난 축복에도
감사와 사랑을 몰랐네

이제라도
두 손 가득
참회의 기도로
사랑이신
그분의 평화 안에 들기를

°돌아가고 싶은 곳

조용한 들길을 걸어
따사로운 햇살에
몸을 맡기고

바람 한 줄 속삭이는
그곳으로
나 돌아가고 싶네

골짜기엔
수직 물줄기
바위 타고 흐르고

하늘엔
하얀 솜 송이
구름이 흘러가는 곳

눈부신 그곳으로
나 돌아가고 싶네

내 가슴에 흐르는 강

온종일
걱정도 두려움도 없는 곳

모닥불 같은 따뜻함이
나를 길들여 온 그곳으로
나 돌아가고 싶네

가서
내일의 삶을 준비하여
또 다른 꿈을 꾸며
나 그곳에서 살고 싶네

°어느 여행지에서

시공을 넘나드는
억겁 정적이 깃든 고찰
어둠 희미한 불빛 아래서도
장대하게 서 있는
노목의 위엄이
오가는 여행자를 품는다

세월 지긋한
고승의 미소에
온유와 신비가 어려 있고
우거진 천년 숲은
이방인의 휴식이고
새들의 천국이다

태곳적 먼 세월을 이고 선
보리수나무가
뭇 사람들에게
자유와 평화가 공존케 한다

빈貧함에도 미소가 넘치는
순수한 이들의 땅!
가진 자에서 비움의 깨달음에
절로 고개가 숙여진다

마치 소나기 내리듯
보리수 잎들의 비파 소리는
머물다 떠나는
나그네의 발길을 잡는다

바로 여기
내가 서 있는 곳
돌아가는 생의 둘레길인가
군불 지피듯 따뜻한 정이
꺼지지 않는 곳

아름답기에
수많은 날을
영원히 이방인의
발길이 이어지리라

°낡은 일기장

지울 수 없는
여울진 강물이
언제나
이별 여운으로
남아 있는
내 마음의 일기장

안개 드리운
나지막한 산 아래
접동새 소리 따라
산유화가 필 때

비껴간 인연으로
서러움이 쌓여 있는
오래된 일기장 하나

깊은 밤
바람 소리
흐느끼는 물소리
모두가 그리움 되어
책상 위에 놓여있네

마음자리 한가운데
수풀 같은 이야기들
오늘 다시 펼쳐보는
낡은 일기장

°감자꽃

유난히도
순백의 정을 느끼게 한
감자꽃 핀 언덕에

풀 향기로 누워
석양이 길어낸
아름다운 꿈을 꾸었지

감자꽃 하얗게 핀
언덕에 기대어
구름처럼 흘러가는
푸른 마음이 되어

작은 사랑 하나
바람결에 띄워
기억 저편 순백의 정도
함께 담아 보냈지

오늘도 내 마음
감자꽃 하얗게 핀
언덕에 누워
이슬처럼 매달린
고운 추억을 떠올린다

내 가슴에 흐르는 강

°그대 위해

이 밤
그대 향해
타 내리는
영혼이 있습니다

노을 지고
어두운 밤
그대 위해 밝혀둘
가슴 하나 있습니다

정적 속에 흐르는
겹겹인 그리움을
그대에게 보낼
용기 또한 있습니다

그래도 목이 타면
내 마음속 연못에서
고요하게 떠다니는
나뭇잎 배 되어

언젠가
다시 만날
가슴 따뜻한 그대를
기다릴 테요

°늦가을 바람

모양도 색깔도
아무것도 없는데
바람은 매섭게
나뭇가지를 흔든다

낡고 여읜
마른 잎 하나
안간힘쓰며
매달려 있건만

매서운 칼바람은
끝내 낙엽 아픔을
땅 위에 떨구고 떠난다

내 가슴에 흐르는 강

참았던 설움도
아려오는 고통도
모두 쓸어안고 흐느끼는
아픈 낙엽

가을 길 서성이다
우연히 널 만난
서리 같은 하얀 고독
내 늙음도 그러할까

오늘 밤은
달빛이
널 위해 포근한
이부자리 깔아주겠지

°가을 향기

국화 향기 그윽한
가을 초가에

나뭇잎 어지러이
흩어져 있고

따사로운 햇살이
댓돌 위에 앉아

은은한 차 한 잔의
여유를 주네

방금 불어오는
얄미운 소슬바람

갈잎 하나 떨구고
붉게 물드네

어디론가 떠나야 할
가을 향기는

돌아서면 노을 지는
쓸쓸함이구나

내 가슴에 흐르는 강

°고요의 소리

가을 낙엽
바스락 소리
서산 해 넘는
노을 소리

등 뒤에 어스름
잿빛 깔리는 소리
누가 내 뒤를
밟는 소리
그 소리

가을 밭에 목마른
수숫대 서걱대는 소리
이 밤 고요로운
별빛 내리는 소리

°가을 자락

추수 끝난
황량한 벌판
그 대지 위에 서면

무언가
잃은 듯한
비애가 묻어나고

텅 빈 지상에
홀로인 듯
쓸쓸하다

햇살은
여행을 와
풍성한데

스치는
바람은
솔솔이 차다

내 가슴에 흐르는 강

여름 끝을
절규하던
풀벌레들은

빈 들판을
떠나가고 있다

계절의
여운도
숨어버리고

떠나는
세월이
손을 흔든다

° 또 다른 초대

바람이
가을을
거실 안으로
불러들이는 아침

창밖
가을 풍경은
산이 숨 쉬는
소리까지
들려주는 듯하다

마음은
주저 없이
가을 자락에 젖고

다채로운
색깔의 합창에
이별의 애절함이
흐르고 있다

이 가을
퇴색한 나뭇잎들은
터질 듯 아파하고

아직 남은
초록빛의 느티나무는
바람 스침에 울부짖는다

가을이란
이토록 아픔을 삭혀야
성장하는 걸까

이렇게
휑하게 떨구어 내어야
앙상한 계절을
다시 만나는 걸까

또 다른 세상으로
초대하려고
계절은 그렇게 울며
바뀌어 가나 보다

°그곳이 그리워

오늘 나는
박하 향 가득했던
옛집이 그리워
멀고 먼 길을 와
그곳에 멈춰 섰다

여기인지
저기인지
강산마저 변해버린
낯설은 땅

옛집은 어딜 가고
웬 하얀 울타리에
빗살무늬 대문이
내 마음을 굳게 닫아버린다

이리저리
둘러봐도
그때 그 집은 간데없다

그 옛날
내가 만든
꽃밭은 어디에
토담 아래 피어있던
백일홍 맨드라미는 어디에
삼백 평 넘는
채전밭은 또 어디에

누군가 지어놓은
현대식 전원주택이
옛집을 잃어버린 나를
슬피 울게 한다

내가 자란
네 칸 기와집
큰채와 아래채
부엌과 대청마루
댓돌 위에 졸던 햇살도
다 어딜 가고
나만 여기 이렇게
쓸쓸한가

아름다운 꿈을 꾸며
푸른 강을 사랑했던
잊을 수 없는 옛날이
아! 지금
어느 기억 속에 잠들어 있나

반세기를 지났다 하여
이렇게도 변해버렸나
차라리 가슴속에 간직한
달과 별로 살 것을

왜 찾아 나섰던가
황혼의 나이도
서러움인데
사랑도 그리움도 떠나갔구나

그래도 하나
석양이 나를 반기고
골목길엔
어둑한 땅거미
짙게 깔리고 있다

내 가슴에 흐르는 강

°그리운 친구

찻잔을 기울이며
생활 속 온갖 얘기와
따뜻한 마음으로
서로를 챙겨주며
피보다 진한 정
나누었던 때가
언제였나, 내 친구
참 예쁘고 좋은 친구!

지금 저 문밖에는
그때처럼 붉게 타며
검게 물든 낙엽이
땅 위에 떨어져
찢긴 아픔을 울음 우네

아침에 눈 뜨면
연기처럼 사라져 가는
늦가을 뒷모습 보며
이렇게 허황한 날
너를 생각한다, 내 친구!

우린 누구보다 다정했고
행복한 사이였지
간밤 꿈속에서
이슬 한 방울
꽃잎 타고 흘러내려
내 마음 적시더니
너의 보석 같은 눈물이었나

어쩌면 나처럼
너도 보고 싶어 하는 건가
어렴풋하면서도 선명히
내 기억 속에 살고 있는 너
우리 나이 고령인데
지금 어디에 있는지

너도 나도 무심한
어리석은 바보들
왜 떠났는지

풀리지 않는
숙제를 안고
나는 이대로 여기에서
변함없이 기다린다, 친구야!

나이 들어 부쩍
옛날 우리의 모습이 그립네
세월이 더 흘러
이름조차 잊으면
영원히 만날 수도 없겠지

우리의
아름다운 눈물이
마르기 전에
만나야 해
늙어 병들면
기억조차 할 수 없을 테니

내 친구 로사!
어디에 있는가
나는 여기에 있는데…

°가을 고독

어느 누가
가을을
고독이라 했나

사라지는
슬픔보다
다시 오지 못하는
마지막 언어를 삼키며
아파한다 했던가

떨어져 누운
가랑잎 위를
누군가는
추억을 밟고

또 누군가는
사랑의 이별을
가슴에 안은 채
그렇게 인생길을
뚜벅뚜벅 걸어가네

어느 날
바람이 휘몰고 간
벌거숭이 거리에서
깊은 가을을
흐느끼는 이에게

불 꺼진 어둠 속의
달빛 그림자는
고독처럼 스며들어
흐르고 있다

°산비둘기

나는 들었네
어젯밤 뒷산에
산비둘기 우는 소리를

그리고 알았네
달빛이 숨어버린
어두운 숲속에

바람만
외로이
불고 갔음을

봄비가 적시고 간
그리움 움켜 안고
밤을 지새운 산비둘기
그렇게 울었네

물기 머금은
나뭇가지 끝에
새순이 노랗게 돋았는데

님을 기다리는 산비둘기
오늘 밤도 저 숲에서
꾸꾸 울음 울겠지

살아있어
님을 찾으며
날 수 있어
그리움을 아느니

뒷산
바람 부는
숲속에서
지금도
산비둘기 꾸꾸 우네

°또 한 번의 가을이

솔잎 사이로
새어든 햇살이
움츠림에 익숙한
계절을 불러온다

가지 끝에
햇살이 좋아
몸을 맡긴
나뭇잎들에
낙엽 아파할
가을이
소리 없이 오고 있다

갈색 스카프를
두를 때면
또 한 번의
슬픈 계절을
막을 수는 없겠지

내 가슴에 흐르는 강

엊그제
모시 남방이
물보라처럼
시원했는데

앞 둔덕에
풀을 뜯는
사슴 한 쌍은

어느새
슬픈 눈으로
긴 울음 남기며
돌아선다

°남겨진 얘기

사랑은 가도
별빛 모아
그리움을 쓰던
그날의 마음은
강산이
변하여도
그대로 있네

어디선가
들릴 듯한
밤을 잊은
풀벌레 소리

어스름
달빛 속에
심취했던 그 발길

말없이
찾아 나선
길모퉁이
생각나네

전설 같은
긴 강물은
사랑 안고
흘러가고

이제는
늙은 나를
세월이 함께 가네

°이 또한 행복이지

가끔 한가로이
아주 맑은 영혼으로
내 작은 마음의 다락방에
조용히 혼자 앉아
희디흰 상념의 나래
펼쳐 보고 싶을 때 있다

심해만큼
고요한 가운데
아무런 생각 없이
멍하니 누워 있으면
구름이 흘러가듯
참 행복할 것 같다

그냥 막연히
사색에 잠긴 채
침묵으로
일관하고 싶을 때 있으며

밤이 숨죽이듯
칠흑 어둠에 싸이면
그 고요 그 정적 속에
하염없이 헤엄치듯
즐기고 싶을 때 있다

가끔은
수다 한바탕 늘어놓고
꽃비 맞으며 걷던
칠십 대 소녀들의
깔깔 웃음소리를
혼자만의 공간에서
그날의 낭만을 떠올리면
그 또한 행복할 것 같다

왜 자꾸만
조용히 혼자이고
싶을 때 있을까

복잡한 세파의
익숙함에서
어디론가 왜
벗어나고 싶을 때 있을까

때로는
어둠 속 문틈으로
새어 들어오는 바람 소리
시계추의 움직임 소리도
고요를 깨는 거슬림이 되어
머릿속 배회의 길을
걷게 한다

세상은 온통
꽃물에 나부끼고
푸르름은 점점
풍성해지는데

무엇엔가 예속된 듯
갑갑한 현실은
나이 탓이런가

도피가 아닌
조용한 장소에
잠시 나를 맡기고
휴식하고 싶음일까

내 가슴에 흐르는 강

일상의 여유 속에서
나를 배려하는
아름답고 따뜻한
행복의 등불을
가끔 밝혀두고 싶을 때 있다

더 늦기 전에
왠지 부족한 듯
모자란 듯한
인생의 저녁답에서
아지랑이 같은
아쉬움이 남지만

인생은 자연스레
늙어가는 것이지
늙어 감은 쫓김이 아니지
윤기 나는 여유이며
잘 발효된 향기이지

그리하여
산다는 건
참 아름다운 것
이 또한 행복이지

°나이 들어 닮아 있네

나의 어머니처럼
어느새 나도 간간이
가느다란 한숨 속에
속절없이 세월을 섞어
절로 허무를 내뱉고 있네

나의 어머니가
그랬던 것처럼
여위어 가는 인생을
가슴으로 쓸어가며
어머니의 그 자리에
나 벌써 다다라 있네

불러도 내 어머니는
대답이 없는데
나는 누구에게
마지막 인생 정리를
물어봐야 하는가

내 가슴에 흐르는 강

나이 들어 늙으니
내 어머니의 모습을
기막히게 닮아 있는
거울 속 나를 보며
너무 똑같아 놀라네

모습만이 아닌
언제나 나는 괜찮다 하시던
진심 어린 거짓말을
자식들에게 나도 하고 있네

내 걱정 하지 말라고
언제나 자식 마음
챙기는 것도
내 어머니와 판박이네

나는 말하고 있네
자식에게 짐 되지 않겠다고
버릇처럼 말씀하시던
내 어머니처럼
나도 그렇게 말하고 있네

°기도로 다가가리

나를 필요로 한다면
언제나 누구에게나
따스한 온기가 되어
다가가리라

겸손과 사랑으로
기도의 생명이
꽃필 수 있게
다가가리라

내가 가서
치유의 기도를
할 수 있다면
그곳 그가 누구이든
다가가리라

내 가슴에 흐르는 강

가서 눈물을 닦으며
참회의 길로 인도하여
새로운 세상으로
나오게 하리라

어둠 속에 갇힌
모든 허영과 오만에서
내가 손잡고
불러내리라

그리고
삶이 아름다운
노래를 부르게 하고
기쁨의 마음이
열리게 하리라

내가 다가가서
사랑의 향기를 심고
행복을 알게 하리라

기도하는 밤

잠들기 전
손끝에 닿는
기도의 샘물
사랑으로 길어내는
부활의 기쁨
피로 흐르게 하네

지혜의 성문 열고
구원의 십자가로
배고픈 영혼을 달래는 손길

아픈 상흔들의
위로와 치유
축복과 은총은
세상 구하시는 분의 선물
그러기에 오늘도
모든 이의 눈물을
닦아 주시네

이 땅에 머무를 때
그분과 하나 되어 걸어가면
마음 구속에서 해방되어
사랑의 자유를 얻게 되는 것

나의 기도는
잘 익은 감색의 청원이고 싶다
기뻐하고 감사하는
진홍빛 기도이고 싶다

이 밤
오롯이
나를 바치는
기도가 되면 좋겠다

°주의 부르심

당신께서 나에게
기쁨으로 오시어
겨자씨만 한 믿음 하나
알게 하시었네

자라나서 큰 숲 이루어
사랑과 용서로
평화의 바다
이루라 하시었네

가만히 있어도
그 사랑 가르쳐 주시는 당신
달라 하지 않아도
손 내밀지 않아도
배고픔 채워 주시는 당신

돌밭을 헤매다
지치고 목마르면
샘물 떠서 영육 축이시는 당신
참으로 좋으신 주님!

어두운 밤 잠결에도
다녀가신 발자취
새벽 눈떴을 때
불러보는 당신 이름

이불 속 고요로이
두 손 모은 기도
마음에 수놓으며
감사로 살라 하시네

욕심 없이
교만 없이
고개 숙인 낮은 자로
당신께서 가신 길
따라 살라 하시네

°영혼의 기도

여명이 트기 전
하얀 백합 단장을 하고
성모님 대전에
마음을 다 바쳐
기도로 하루를 여시던
내 어머니

가장 깊은 한마디
사랑을 바치고
야윈 몸에 갈아입은
백합 같은 명주옷

고운 미소 지으시며
날개 단 기도를
천상에 띄우시던
내 어머니

진리의 말씀
금색 소망으로 짜내어
자식 사랑 수놓으며
감사기도 바치시던
내 어머니

내 가슴에 흐르는 강

한 땀 한 땀
기적을 기워내어
한 번뿐인 생명
승리의 기도로 끝을 맺는
사랑이신 내 어머니
영혼의 기도

°날 사랑하신 엄마

우리 엄마
하늘 집에서
내 걱정 하시나 봐

간밤 꿈에
편지 접어 보내시더니
새하얀 엄마 눈꽃
소복이 쌓였네

떠나실 때 잊고 가신
슬픔 거두시려
우지마라 다독이며
뿌리는 눈꽃 송이

나는 알고 있네
나의 잘못 회개할
하얀 눈임을

　　　　　　　　　　내 가슴에 흐르는 강

가고파도 갈 수 없는
하늘 먼 엄마의 집
흰 눈 피어 날 보려고
하얀 꽃으로 오시네

하늘 닮아
넓기만 한
우리 엄마
깊은 사랑

°어머니 마음

가진 것
아낌없이
넘치도록
주시었네

봄볕
초록 밭에
분주한 발걸음

갓 따온
싱싱한 사랑
듬뿍 싸서 주시었네

내 가슴에 흐르는 강

아무리
받아먹어도
다시 고이는
어머니 사랑

방울방울
품에 안은
달빛 같은 사랑

언제나
푸른 벌판에
두 팔 벌려 서 있는

어머니 은혜
갚을 길 없는
그 사랑

모정

어느 해
동짓달 밤
돌아누운 긴긴 한숨
철없이 웃고 있는
어린 딸 이별 앞에
한없이 우는 모정
굽이치는 강이더라

마침내
꽃신 신고
어느 종가 종부되어
대청에 사뿐사뿐
다홍치마 버선발이
대소사 이어받은
안주인이 되었더라

그런 딸 생각하며
근심은 기도가 되어
전설 같은 큰 바위에
촛불 켜고 비셨다네

시집살이 잘하라고
소원 비신 억겁 사랑

배꽃처럼 내려보고
사과꽃같이 올려보며
마주 보는 사랑 향기로
정답게 살라셨네

°향수

베틀에 앉아
북실 한 올 풀어 넣고
한 금씩 짜내려 가는
우리 엄마 발아래
손가락 입에 문 채
잠이 들던 내 동생

마당엔 수탉이
볏단을 헤집고
병아리 떼 어미 따라
낟알 줍던
시골 오후

채전에는
고운 모시 흰 적삼
성근 삼베 치마
입으신 할머니

내 가슴에 흐르는 강

상추 속대 솎으시며
불경 한 줄 읊으시던
내 어릴 적 고향 집

햇빛 따라
고개 숙인
수숫대 익는 오후

물 긷는 두레박 소리
그 모든 것
유난히 향수에 젖네

엄마 생각

내 마음 밝힌
우리 엄마 새벽 발걸음

어제 펼치다 만
깻단 나란히 접어놓고

빈 바구니 이고 나와
싸리문을 나서실 때

먼동이 희끄무레
옷자락에 스며들고

실안개 가닥가닥
발 앞에 채일 때쯤

바구니 속 한가득
아삭이는 찬거리
햇살 깊은 식탁 위를
행복으로 채우셨지

°삼베옷

삼베 짜서
풀 먹여
빳빳이 세운 솜씨

우리 엄마
외출복은
삼베옷 치자빛

비 맞으면
후줄근히
풀기 죽어 처지건만

손수 짜신
삼베 모시
연미색 치자빛은

지금도
우리 엄마
남기고 가신
그리움

°어머니 사랑꽃

모시 올
곱게 짜서
옥색으로 물들여

고운 옷
만들어 입혀주신
어머니

긴 날 지나도
올 하나 트지 않아

풀 먹여 손질하면
변함없이 그대론데

내 가슴에 흐르는 강

어느 날 갑자기
사랑꽃 한 송이
꿈속에서 건네시고

이제는
산새 지저귀는
숲 동산에 누우셨네

눈부신 햇살이 되었네
한 송이 사랑꽃이 되었네

°가을이면

들국화 한 묶음
꺾어 든 이 가을
잘 익어 향기로운
낭만을 베고 누워
마음 거울 비춰보며
당신 모습 그리네

슬피 지는 여름 끝이
오수에 밀려가고
가을이 오는 소리
바람이 말해주면

또 한 번
돌아눕는
계절의 바퀴 소리

마음의
동이 하나
그리움이 고인다

°산골 풍경

강 건너
두메산골
저녁연기 정겹다

고삐 풀린 황소
느리게
걸어가고

무거운 멍에
힘든 하루를
내려놓는다

세상 만물이
어둠에 잠기면
하늘이 빈 들녘에
달빛을 선사하고

욕심 없는 들창에
부엉이 울음 깊어간다

°소중한 마음

젊은 날 별을 헤며
어디쯤 있을지 모를
그 별 하나 찾으려
진주 같은 맑은 눈물
흘려본 적 있는지

별이질 때까지
품속에 보듬었던 긴 밤을
바람처럼 이별하고
이슬밭을 걸어본 적 있는지

애써 지워야만 할
정 하나 이름 하나
깊이 간직하고
그해처럼
빛나던 별빛을
옷깃 속에 소중히
묻어 둔 적 있는지

。섬에서 사네

아주 작은 섬에서
푸른 초원이 되어
넓은 바다를
품고 사는 이 있네

뒤뜰에는 잡풀이
자락 길을 덮고
느린 해풍은
해묵은 비목을
어루만지는 곳

새벽잠에서 깨어
꽃길을 품은 채
이슬밭 걸으며
안개가 속살까지 파고드는
그 아름다운 바닷가에
마주 보며 사는 이 있네

해송에 걸린
쪽빛 햇살과
갯내음 향긋한 작은 섬에서

하얗게 서린
초로의 인생을
함께 손잡고 가는 이 있네

맑고 푸른 작은 섬
외로움이 비처럼 내리는
외딴 섬
그 고독한 부둣가에
스스로 어부가 되어
파도 소리 들리는
섬 뜰에서
일출 바라보며
행복하게 사는 이 있네

쉼 없이 거칠게 달려와
속절없이 부서지는
파도의 물거품에도
천해의 아름다움으로
욕심 없이 다정히
살아가는 이 있네

가장 행복한 삶을
모두의 염원처럼
하나로 품어 사는 두 사람

부족해도 웃으며
아침이면 나란히
갈맷길에 나와 앉아
먼바다를 바라보며
행복해하는 섬사람

°바다에 눕다

바닷길 풍경은
첫새벽 십 리 길을 열고
등대처럼 서 있는 해송은
무거운 짐을 진 여행자의
안식처가 된다

누군가
파도 소리 베개 삼아
오수에 깊이 빠져
덧없는 세월을
침묵으로 서러워하는데

바다는
쉼 없이 소리치고
물결은
몽돌을 빚어내고
항구의 뱃머리에는
갈매기가 넘나든다

내 가슴에 흐르는 강

구름 겹겹이 흩어져가듯
잡다한 상념들 잊으려
해변 한적한 곳에
저무는 등짐을 푸는 사람

남아있는 거리만큼
쓸 수 있는 시간만큼
오늘도 파도처럼
바다를 닮은
한 사람이 누워있네

°무인도의 별빛

조각처럼 떠 있는
무인도의 파도를
내 작은
기억의 정원에
풀어 놓는다

하늘이
호수를 열어
별빛이
무수히 잠기고

먼 전설 속
해송 끝엔
바람이 고요히
걸려 있었지

흩어진
마음들이 돌아와
다정한
창가를 찾으며
술렁대는
뜨거운 여름을
작별하려 하고

아쉬운
자유들을
안으로 거두며
삶의
얽매임에서
잠시 떠났던
시간을 돌아본다

계절의
갈림길에서
한동안
무인도의 별빛을
품고 살겠지

°꽃들의 파티

섬마을
산자락에
소담스레 피어있는
야생화 친구들

샛노란
물감 들여
길가에 모여 있네

연녹색
여린 이파리
공주 옷 차려입고
꽃동네 이루었네

내 가슴에 흐르는 강

봄빛처럼
고운 너울
머리에 쓰고
황홀한 파티 열려나

예쁜 미소
머금고서
지나가는
바람에도
향기를 내어 주며

여로에
잠시 지친
어줍은 나에게도

찬란한 꽃동산으로
초대를 하네
아름다운
파티를 여네

°달빛 아래

달빛 쏟아지는
길모퉁이에
누군가
불고 있는
풀피리 소리

싸늘한
밤바람 타고
가늘게 흐르고 있구나

어느 날
언약한 사람이
떠나 버렸나

못 잊어
안타까운
몸부림 같구나

내 가슴에 흐르는 강

달빛에 기대어
풀벌레도 우는 밤

홀로
잠 못 이루는
애달픈 나그네

도시를 떠나

타인 같은
도시가 아닌
산과 바다가
마주 보는
어머니 품속 같은
해안 길을
내가 걷는다

모르는
사람과도
무언의 미소로
순박한 정을 나누고
돌아서도
정겨움이
발길에 남는다

주먹을 쥔 채
땅을 향해
재촉하듯
걷지 않아도 되고

느린 구름을
머리에 이고
좋은 생각 하며
여유로운 마음으로
걸으면 더 좋은 곳

빌딩의
그림자를 벗어나
한가로이
갈매기와 놀고 있는
행복한 곳

도시의
뿌연 먼지를 피해
갯내음에 젖어
사랑의 자유를
내가 즐기고 있다

°옛집 마당

마당 넓은
시골집
새끼 꼬아
엮은 멍석

잘 익은
자두가
대소쿠리
가득 찼지

쑥대 타는
연기가
싸리 울타리에
걸려

달빛 타고
흐르는 향기
온 마당에
흩어졌지

　　　　　　　　　　　　내 가슴에 흐르는 강

그날
산골 밤은
정다웠던
웃음소리로
깊어 갔었네

산골 저녁

별을 인 채
달을 인 채
고요한 가을밤이
깊으면

싸늘한
달빛이 비추어
그리움의
가슴을 열더라

시간이 흐르고
찬 서리 내리면
별빛은
가슴에 스며들고

가만히 눈을 감고
생각에 잠기면
그 누가 떠올라
행복하더라

내 가슴에 흐르는 강

별빛 달빛 이슬이
산골 밤을 적시면
국화 향기가
옷섶을 파고들더라

그렇게도
맑고 깨끗한
산골 밤은
지금도 내 마음속에
살아있구나

°밤배

휘청이는 밤바다
거센 물결 속
등불 하나 밝힌 배가
등대 아래 질주하며

하루의 닻을 내린 채
거친 파도의 터널을
빠져나온다

선창에
위태로이 기대어
그물에 걸린
세월을 건져 올려

한평생
삶의 등대라
여기며 사는
미소가 아름다운
바다의 사람들

내 가슴에 흐르는 강

°고향 친구

멀리서부터
불어오는 꽃바람에
추억들은 하나둘
푸릇한 젊은 날들을
기억 줄에 매다는데

마음먹으면
그리 먼 길도 아닌데
열 일 제치고
달려가면 되는데

만나 세상일 얘기하며
인생살이 얘기하며
믿음처럼 든든한
그런 웃음 얼마나 정다운데

많은 말을 하지 않아도
그저 듣고만 있어도
절로 웃음이 나
행복해지는데

마음을 열 수 있는
넉넉한 나이
여유 있는 정이 모여
하루의 유쾌한
시간을 보내면
그 또한 너무도
다정할 텐데

잘나고 못나고
있고 없어도
근심조차 정겨운
소중한 친구인데

더 가까이에서
불러보고 웃고 싶어서
망설임 없이 찾아가는
그런 친구이면 좋은데

내 가슴에 흐르는 강

새 책의 첫 장을 넘기듯
부풀고 들뜬 마음으로
그리운 고향 벗 만나러
달려가면 좋은데

바쁘다고 미루니
몇 해나 더
서산 해는
머물러 있으려나
또 한 해가 가고 있는데…

°아침 햇살

무거운
커튼을 젖히면
햇살 한 줌
품에 안긴다

창밖 흰 눈을 녹이고
어느새
창가에 와 앉아
내 마음을
따사롭게 한다

해맑은 구름
흘러가고
부드러운 바람은
우울함까지
등에 태워 불고 간다

내 가슴에 흐르는 강

아침은 언제나
기쁨이 가득 차는
행복한 시간

꽃잎 같은
자작한 사랑을
익혀가는 시간

나는 오늘도
창가의 아침을
값진 축복으로 만난다

°겨울 산

겨울 산이
적막해도

때가 되면
눈 녹고 바람 불어

숲 향기로
가득 찬다

긴긴 겨울
이겨낸 뒤

진달래
붉은 밭을 이루면

산은
만삭의 푸르름을
터트린다

그렇게
찬바람이

나뭇가지를
흔들어도

겨울 산은
고통을 인내하며

끝내
새 생명을
잉태하는

위대한
자연의 어머니가 된다

°문득 생각날 때

어느 날 문득
그대 옷자락에
이슬로 젖는
한 떨기 풀꽃으로
피어있고 싶더라

붉게 물든
노을밭에서
그대와 함께
마음속에 깃든
추억의 페이지를
넘기고 싶더라

지나간
시간 속에
가만히 들어가

숨어 있는
이야기들
캐고 싶어지더라

내 가슴에 흐르는 강

그러다
물끄러미
허공을 바라보면

내게 있는
아름다운 것에
무한히 감사하고 싶더라

°숲

숲은
내 안의
욕심을 덜어내며

숲 향기는
내 안의 나를
겸손케 하며

울창한 그늘은
지친 몸을
쉬게 한다

녹색
싱그러움은
희망이며

숲은
평화이다

내 가슴에 흐르는 강

° 소식

시골길 기차가
기적을 울리며
검은 연기 뿜어내던
그때 그 간이역이
그대로 있다고
내게 말해주는 이 있어
그리워진다

산간 마을
긴 터널을 지나
어디론가 사라져간
그날의 기적소리가
지금도 산기슭 돌아
허공을 가른다고
꿈속 같은 얘기를
들려주는 이 있어
문득 가고파진다

떠나온 뒤 잊은 세월
아직도 노을은 그때처럼
붉게 탄다고
새삼 내게 말해주는 이 있어
보고 싶어진다

추억의 강

잊은 듯했는데
다시 밀려드는
안개 속의 강

달도 별도
모두 잠긴
끝없이 깊은 강

흐르고 흘러도
변함없는
너와 나의 강

언제나
거기 있어
뜻 모를 마음만
애타게 머무는 강

가슴에
물보라가 일고 있구나

먼 세월이 흘러
가슴이 재가 되어도
그때도
강물은 흘러가겠지

° 별의 노래 1
– 신혼일기 중에서

후두둑
비 뿌리는 저녁
먼 하늘 아래 있는
당신을 위해
편지를 씁니다

오늘따라
칠흑 같은 어둠은
더욱 산골을
깊어가게 하는데

창호지 문틈으로
빗물은 왜 이리도
젖어 들고 있는지

곁에 있으면
행복할 텐데

오늘 밤도
나는 한 마리
사슴처럼
잠이 듭니다

내 가슴에 흐르는 강

°별의 노래 2
– 신혼일기 중에서

강나루
나와 앉아
그대 오시는 길
바라보며

산도 강도
나부끼듯
이 마음
설레어라

몇 번이고
구름처럼
소식으로 오는 당신

오늘은
이 강둑에
날 찾아오시려나

당신이 오신다면
옥빛으로 물들리라

°별의 노래 3
– 신혼일기 중에서

유난히
부드럽고
따뜻한 당신

무엇으로
그대 안에
샘물로 고여 보나

넘치지 않게
소중한 꿈으로
담기어 보나

강심江心에
엷은 안개처럼

아름드리
꽃향기
되고 싶어라

당신이
돌아오는 날
나는
꽃이 되고
별이 될래라

°별의 노래 4
– 신혼일기 중에서

어느 날
갈대밭에
외기러기
앉았더라

발길 따라
달빛 가득
님 기다려
별을 헤니

머리 위로
날아오른
외기러기
나 같더라

차가운
밤바람에
입김은
서리 같아

　　　　　　　　　　　내 가슴에 흐르는 강

기다리는
심사 알까
애태우는
마음 알까

온다 하고
떠나더니
세월만
흘러가네

가슴속
한가운데
별빛 안고
오는 그대

날마다
그 목소리
귓가에
맴도는데

보고 싶은
눈동자에
이슬이
맺히는구나

°꽃잎 얼굴

창문을 열면
진초록 얼굴로
주홍색 쟁반에
눈부신 향기를
담고 있는 꽃잎

다소곳한 볼에
샛노란 구슬 달고
비단 바람 한 올에
수줍어하는
꽃잎 얼굴

어제보다
조금 마른 듯
조금 오므린 듯
가냘픈 목덜미로
온몸을 향기로
끌어안는 꽃잎

내 가슴에 흐르는 강

행여
내 창문에서
어디론가
떠날 채비를 할까

널 보내기 싫어
오늘도 열어놓은
나의 창문에
예쁜 얼굴로
살아있어라

작은 꽃밭

바람 불어오는
작은 들창가
내 작은 꽃밭에
꽁지 깃털 세우고
봄 새 한 마리
날아드네

씨앗으로 장식한
아주 작은
봄 새 한 마리

새싹 가꾸어
솜털 같은
집 지으려나
아기 새
낳으려나

작지만
온갖 풀꽃
피어나는
행복의 꽃밭에

주인인 양
씨앗 물고 와
뿌리고 있네
고운 봄날
새 한 마리가

°그리움의 눈물

그곳에 가면
탱자나무 울타리
좁은 마당 한 켠에
샘물 솟아나는
작은 집 있네

곱게 늙으신 노모
동화 같은 그 집에서
떠나버린 그리움이
돌아올 날 기다리며
살고 있네

소박한 찬에
눈물 한 사발
담아 차린
홀로인 밥상

내 가슴에 흐르는 강

뭉게구름 흐르는
쪽마루에 앉아
기다림에 여윈
노모의 얼굴

오늘도
피붙이 기다리며
탱자나무
울타리 너머

돌아올
그리움을
껴안고 우시네

내일이면
올 거라고
휘청거리며
걸으시네

°느티나무

이별의
늦가을이
노을로 타던 교정

나뭇잎은
바람 따라
흩어져가고

하늘은
성자 같은
낮달을 내어주어

교정의 추억은
아름다운
느티나무
사랑이 되었지

내 가슴에 흐르는 강

긴긴날이 지나도
나뭇잎에 적어둔
마음 편지는

들꽃처럼
수북이 쌓여
그날의 향기로
전해져오네

°약속

아름다이
살아가는 인생길
따로 갈 수 없는 길

꽃길 돌길 걸어도
함께 감을
약속한 길

때로는
계곡에서
때로는
비탈에서

넘어지면
일으켜 줄
우리 두 사람

내 가슴에 흐르는 강

지금도
같이 있고
마주 보고 웃고

착한 마음
착한 사랑
아름답게 살고 있네

° 등잔불

나는
보았네
나를 위해
밝혀둔
등잔불 하나를

산그늘 내리고
해가 지면
이 밤 밝히는
당신의 등잔불

저 멀리
떠 있는
저녁별같이

온 밤
꺼지지 않는
등불이 되어

나를
지키고 있는
당신의 사랑을

내 가슴에 흐르는 강

°동산에 올라

어둑한
밤 풍경 베고 누워
은하수 흐르는
하늘을 보며

보고 싶다
그립다
생각하던 곳

산이 있어
구름이 쉬어가고
강이 있어
은빛 물결 나부끼던 곳

새소리
수풀 소리
이불 삼아 잠들면

어느새
꿈길에서
그대를 만나던 곳

내가
진달래 꽃물 찍어
그리움을 쓰고

분홍 꿈
고이 접어
구름 편에 띄우면

내 마음
고운 님에게
강바람이 전했네

°어떤 인연이길래

당신과
나의 만남은
어떻게 왔을까

가랑잎 모아
모닥불 놓으면
금세 불길이 오르듯
그렇게 왔을까

어둠을 밝히는
불꽃의 빛이 되어
하늘을 열듯
광활하게 왔을까

아니면
빈 밤 홀로
거리에 나섰다가
어느 감미로운
가슴을 만나

내 가슴에 흐르는 강

서로
사랑할 수밖에 없는
그런 운명으로 왔을까

작은 들꽃에서도
천리향이 나듯
어스름
달빛 소리로 왔을까

어느덧
당신과 나
수많은 세월
믿으며 살아온
단짝이 되어
함께 가네

°기억의 항아리

가물거리는
내 기억 속엔
아직도
감나무 울창한
세미골 언덕이
스쳐 지난다

여전히
성글게 자란
갈대 서걱이는 소리
귓가에 들려오고

곧게 서 있는
감나무 그루마다
추억이 걸려 있음이
뚜렷이 떠오른다

내 가슴에 흐르는 강

옛집
댓돌 위에
햇살이 졸고 있고

사랑채
마루 끝에
무화과 열매까지
생생하게 기억나네

아궁이에
타던 잿불
남바가지 놓인 채로
소여물 어지러이
빈 밤이 지났음도

내 기억의 항아리에
어제처럼
가득 차 있네

°시골 풍경

저녁답
냇가에
물소리 청량하고

아궁이에
타는 향기
박속 국이 끓고

몇십 리
먼 장터에
송아지 몰고 가신

울 아버지
안 오시고
어둠이 내리는구나

　　　　　　°　내 가슴에 흐르는 강

대청마루
울 엄마
무명옷
다듬이 소리

자근자근
밟아가며
곱게
손질하시더니

해지고
어둡도록
옷 한 벌 지으시고
등허리 세우시며
댓돌 위에 내리시네

담장 너머
기침 소리
허리춤에 열댓 냥
울 아버지
얼굴에
웃음꽃이 피셨네

°할머니와 호롱불

벼가 익어가는
벌판에서
참새 쫓다
해지고 돌아오면
어둑한 방안에
할머니 얼굴 보일 듯 말 듯

한 방울의 기름도 아껴
불 밝히지 않은 방안에
주섬주섬
할머니 손엔
어둠 한 움큼
쥐어져 있었지

마당에
타다 남은 잿더미
타닥타닥 어둠을
삼키는 소리
부뚜막에 차려진
배고픔 채우는 소리

삼라만상이 잠들어
풀벌레 울음이
숨어 버리면
호롱불 하나
겨우 밝힌 채
내 얼굴 쓰다듬던
할머니 손길

거칠어서
더욱 깊은
할머니 사랑

다시금
생각나는 밤
내 마음 깊은 곳
추억 속의
할머니와 호롱불 하나

°기억 여행

내 고향 강가에
그때처럼
물안개 여전히
깔린다면
얼마나 좋을까

물풀 자라
피라미 떼
놀고 있다면
또 얼마나 좋을까

강가 버드나무에
매미 소리 우렁차던
그런 여름 온다면
그 얼마나 좋을까

물가 밭에서
금방 뽑은 배추같이
우리 엄마 사랑 담은
아삭한 겉절이
침 고이도록
생각난다

내 가슴에 흐르는 강

비단 안개
너울거리던
그 옛날 나의 고향

파란 들길
맑은 햇살
촉촉이
박힌 그곳

비 내리면
산새들이
숲에서 울던 곳

오늘따라
기억 속 고향이
너무도 그립다

°오월의 카네이션

겹겹으로 두른
붉디붉은 사랑꽃 한 송이
하얗게 바랜
내 어버이 가슴에
나는 달아드린 적 있나

촘촘히 들어찬
사랑의 향기
오월 맑은 가슴속에
강이 되어 흥건한데
눈물로도 나의 죄
어이 씻으리

백발을 이고
밭이랑에 엎딘 세월
허리 굽혀
평생을 건져 올린
내 어머니 등 뒤에

나는 그때도
한줄기 죄 많은
바람이었음을

이제 와
소용없는 속죄를 하네

나는
올해도 어김없이
빨갛게 익은 사랑꽃
가슴에 달고

하늘 먼 곳에 계실
내 어버이를 잊은 채
또 얼마나 행복해하려나

그런 나는
한 번이라도
내 어버이께
오월의 사랑 한 송이
왜 달아드린 기억이 없나

내 나이 이쯤에
언제 어느 때
저 하늘에 머물러
영혼 안식 취할지
알 수 없건만

이 오월
내 마음 한없이
어버이 그리움에
숲 바람도 따라 운다

그 누가 그러네
그땐 다 그랬다며
위로하며 말하네

그런데도
나는 왜 오월이면
더욱 저리고 아픈가

텅 빈 기억문을
열고 나서면
오월 녹음이 말해주네

오월은
내 어버이
은혜의 숲이며
사랑의 향기이며
또한 그리움이라고

내 가슴에 흐르는 강

°외가 가는 길

산간 겨울
외가 가는 길
멀고도 추웠던 길

긴 둑길 걸으며
세찬 바람 맞으며
외가 가던 설렘 길

엄마 손 놓지 않고
종종걸음 걸으며
좋아하며 뛰던 길

이제 자꾸
생각나는
우리 엄마

등 굽은 할미꽃 되어
기도하는 우리 엄마

°고마운 선물

아들이 보내준
향기로운 난초 화분
어찌나 곱게 피었는지

올봄이 벌써
십 년이 넘었건만
곧게 자란 가지
고고한 자태는
그대로구나

해마다
다시 피어 올린
꽃망울은
내 아들의 사랑이네

정성 들여 물주고
사랑한다 말하고
바라보며 속삭였더니
크고도 그윽한 기쁨
내게 안겨주는구나

내 가슴에 흐르는 강

오늘도
초록빛으로
변함없이
푸른 윤기를 내는

바르고 정직한 난초는
아들의 품성을 닮았네
사랑이 넘치네

°돌아가고 싶은 마음

따사로운
들길을 걸으면
바람 한 자락
속삭이듯 따라와
마음속 그리운 곳
그곳으로 날 데려가네

골짜기마다
솟아있는
바위틈으로
떨어지는 물소리

낯익은
그곳으로
나 돌아가게 하네

야산 비탈 목화밭
하얀 솜 송이 사이로
실바람이 부는 곳

눈부신
그곳으로
나 돌아가게 하네

온종일
외롭지도 않고
슬프지도 않은
산바람이 부는 곳

내가 가진 것
다 버리고
나 그곳으로
돌아가고 싶게 하네

。잎새의 사랑

내가 너의
이름을 부르면
초록 물감 짙게 들인
날개옷 입고
내게 다가와
파란 미소를
보내주었지

너는 온 마음
진주 이슬로 구르며
내 옷자락을 적시었고

나는 너의
기다림에 다가가
너의 싱그러운
초록 물에 젖어
하늘거리는
잎새에 입맞춤하며

종일토록
맑은 향기에 취해
목청이 터지도록
파란 잎새의
사랑 노래를
부르곤 했지

°아침 식탁

오늘 내가
차려 낼
아침 식탁엔

하얀
수선화 향기로
샐러드를 버무릴래

가녀린
줄기 끝에
오목조목 모여 있는

수선화
한 묶음 꽂아두고

하루를 시작하는
일상의 언어로

섬세한 맛을
차려낼래

억세지 않아
바람 불면 눈물 같은

여린
수선화 미소로

마주 앉은 사람이
행복할 수 있게

나는
상큼한
꽃내음을 차릴래

°허브 향기

창가에 허브꽃
가을 햇살에
더욱 진한
향기를 낸다

창살을
타고 올라
늘어뜨린 수줍음은

만질수록
행복한
향기가 난다

바라보면
흠뻑 취하는
강렬한 향기

내 가슴에 흐르는 강

마음까지
맑고 깨끗한
여유를 준다

줄기 따라
퍼즐처럼
맞춰 피는
허브 향기

하루의
고운 꿈을
꾸게 한다

°그리움의 연못

당신이 좋아한
그 연못 속에

햇살 한 줄기
영롱하게
그리움으로
비추고 있네

오늘도
꽃잎 뜨는
연못가에서

고요히
흔들리는
가슴을 보네

아름다운
멜로디
사랑으로 흐르고

연못 속엔
세월만이
깊어가고 있네

°새싹

해맑은
햇살 한 줌이
화단가에 내려와

씨앗 틔운
토기분에
내려앉는다

이슬 내려
물기 머금은
토사 위로

살며시
기대앉은
아침 햇살

내 가슴에 흐르는 강

연약한
이파리가
손에 닿으면
쓰러질까
만지면
떨어질까

눈으로만
예쁜 새싹들

햇살 한 가닥에
살이 찌고 키가 크네

°들꽃

봄의 단상에
초대되어
머리마다 하얀
면사포 쓰고
향긋하고 고운
레이스 옷 입었네

흙무더기 속에서
생명의 진통을 겪고
바람 부는
길가에
꼿꼿이 피어난
들꽃

잠깐 영화 누리다
꽃샘바람 아래
차갑게 누워

덧없이
바람비에
쓰러져갈
하얀 슬픔의
들꽃

그래도
한참 동안
길섶을 장식하고

오가는 마음들이
행복하게 걸어간
예쁜 꽃길을
만들고 있네

°뒤뜰

맨드라미
붉은 미소가
한여름 담장을
가득 메우고

장독대 옆
키 큰 옥수숫대
울타리 너머로
손짓하던 곳

우거진
찔레 넝쿨이
향긋한 손길 내밀던
그 뒤뜰에
지금도 노랑나비
날고 있겠지

내 가슴에 흐르는 강

대나무 숲에
속삭이며
지나는 바람이
감미롭던 그곳

다시 돌아갈
꿈을 꾸는데
아직도 못다 한
욕심이 남아
가슴에 강물만
흐르고 있네

°초가 마당

사랑채
앞마당에
그늘이 내리면

멀리서
들려오는
기적소리 은은하고

초가 굴뚝엔
저녁연기
피어오른다

하루를 마치는
해질 들녘
일손 접은 농부들
밥 익는 내음 따라
허기 몰고 돌아오고

나무꾼 지게에
야생화 한 다발
목동들 따라서
집으로 오는 길

마당에는 널따란
평상이 놓여 있고

하루의
희로애락
초가 마당 두레상에
흘러넘친다

°작은 정원

내 마음
작은 정원에
향기로운 꽃 한 송이
피어있게 하리

바람에 시들지 않고
비에 지지 않는
씨앗 품은 한 송이 꽃
피어있게 하리

어느 날
내 이름에 새겨진
약속처럼
봄비 속에 사랑꽃
피어나게 하리

날마다 정원 숲에
꽃망울 달고 나와
한 모금씩 이슬 적실
들꽃을 피게 하리

내 작은 가슴 자리
봄빛 같은 그리움이
꿈속의 정원에
천만 송이 피게 하리

°보라 향기

바람결에
묻어오는
라일락 보라 향기

봉지 속에 감싸서
내 방문에
달아둘래

달빛처럼
그대 살며시
향기 따라 오시는 날

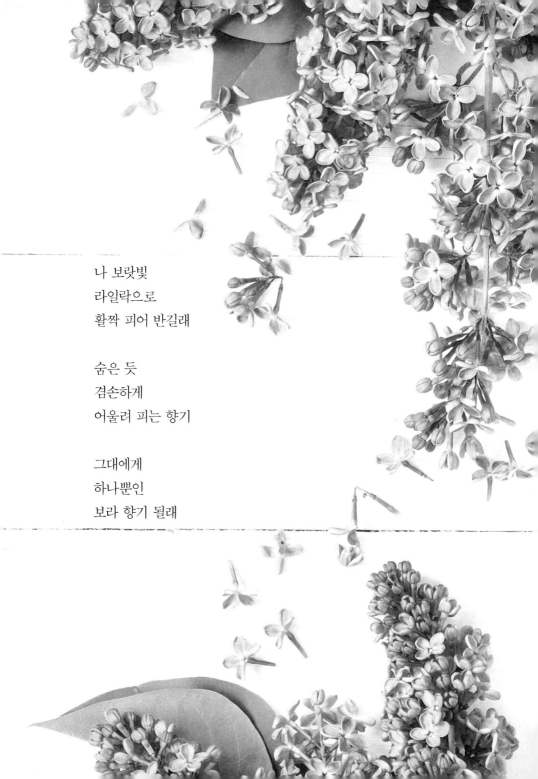

나 보랏빛
라일락으로
활짝 피어 반길래

숨은 듯
겸손하게
어울려 피는 향기

그대에게
하나뿐인
보라 향기 될래

° 새해에는

새해에는
행여 마음에
닫아건
방문이 있다면
더 활짝 열어야겠다

내게
허락된 만큼의
여유 있는 사랑을
다 나누지도 못한 채
한 해가 저물어 간다

송림 너머로
마지막 붉은 일몰이 지면
삼라만상이 잠든 사이

오늘
이 해는
영원히
사라지고 마는데

아니 가면 좋을
세월강은
유유히 내 앞에서
흘러만 가고

가만있어도
자꾸만
달음질치는
아까운 하루

매일 조금씩
짧아져 가는
시간 속에서
무언가 뒤적거리며
뒤돌아보는 건

아마도
내 안에
아직은
퍼다 나를 사랑이
많은가 보다

그러므로
내가 행복한
이유를 찾아
새해에도
주님 사랑 실천하며
순명하고
겸손하게

작으나마
거듭나고 새로 나는
사랑의 삶을
살았으면 좋겠다

°베네골에서

골 깊은 산자락
단풍이 물드는 소리
바위틈에 흐르는
계곡의 향연

겨울이
오는 길목
시린 손 감싸며
높은 하늘을 본다

이마에 흐른 땀
잠시 씻고 갈
인생의 옷자락을
훌훌히 털고 선다

단풍이
불타는 가을
억새풀 휘 나르고

어디서 날아온
산새 한 마리
푸덕이며
앞장을 선다

산이 아름답고
하늘은 높아
비탈길 돌아 수십 리
한순간 멈추어 버린 듯

진한 물감 속 시야가
사방으로 불타는
긴 물결을 이룬다

다시 와야지, 여기
기운 잃어
지팡이 짚고라도
아름다운 베네골에
가을 하늘 되어
나는 다시 오리라

° 낙수

여름날
초가 낙수는
흩어져가는
여정의 고독이다

삶이라는
문턱을 지나
드리워진
운영 雲影을 찾아가는 고독

저만치
던져두었던
서러움 한 동이를
기억해내는
신음 소리다

접어둔
책갈피를 들추어
어느 세월
한 켠에 묻어둔
비밀 태우는
아픔이다

보고 있노라면
한 올씩 젖어 드는
무명 적삼의
슬픔 같아

어느 길에서도
머물지 못하고
오면
가야 하는
인생의 늙음이다

°아침이 오면

어둠이
걷히어 가고
창이
밝아오면

아궁이에
장작 타는 소리
방마다 잠을 깬다

어젯밤
지핀 군불이
아직
구들을 달구어

눈두덩이
무거운 얼굴들
게으름 달고서
부시시 모여든다

내 가슴에 흐르는 강

어느새
우물가엔
물 긷는 아낙들

두레박 소리
요란하고
푸성귀 한 소쿠리에
온 동네
아침이 밝아온다

°잎새의 아픔

밤이
새벽을 향하면
어둠은
새 옷을 입는다

밤사이
바람이 지나간
자리에

수난을 겪은
피멍 든
나뭇잎들이

아리고
쓰린 채로
어지러이 뒹굴고 있다

내 가슴에 흐르는 강

질서라는
유산을 남기고
모든 생명은
그렇게
떠나가나 보다

잠시 살다
영원히 가는
정해진 이치를

너무도 작은
잎새가 말해주네

°어느 우울한 노부

어느 노부의
힘겨운 어깨 위로
잿빛 구름이
간간이 흐른다

홀로 앉은
한숨 조각들이
긴 외로움으로 쌓여
붉은 눈동자를 적신다

지친 육신을
무겁게 끌어안고

힘겨운 삶을
하늘에 띄워 보내는
홀로된 애절함

내 가슴에 흐르는 강

마지막이라는
한숨 소리가
늙은 해송에
걸려있다

사랑도 부富도
인생의 굴레를
모두 놓아 버린
허허로운 뒷모습이
쓸쓸히 앉아있다

°파도

파도가 부서져
내게 안긴 날
그날 그 파도를
기억한다

거센
몸부림으로
내게 밀려와

하얀 분수로 떠난
황홀한 그날을
기억한다

파도가
내 모든 것
바다로 쓸어안아

내 가슴에 흐르는 강

눈부신
추억을 남긴
그날을
기억한다

다시는 안 올
그렇게
떠나간 파도

내가 꼭
이별해야 했음을
기억한다

밀려들었다
밀려가 버린

지금은 없는
그날의
그 파도

° 순수한 사람

그대
언제나
맑고 순수하여
온유와 따스한
정을 느끼네

내 마음
그대에게서
겸손한
사랑을 배우고
정직함을 배워

감사한 마음을
그대 가슴에
보내고 싶네

내 가슴에 흐르는 강

그대
내 삶의
별자리가 되어
오늘도 행복을
꿈꾸게 하네

언제나
내 안에
늘 푸르게 살아서

아름다운
인생 여행을
함께하면 좋겠네

°명동

거리에
수많은 인파가
미끄러져 간다

명동 한복판
휘황찬란한
차림들의 질주

무엇에 쫓기어
황홀한 불빛까지
흥건히 젖는가

젊음이
피 끓는 거리
스치는 눈빛들은
시원스러운
자유의 물결 속으로
빠져든다

명동의 밤거리에
사랑이 익어가고
다정이 물들어가며

마음으로
전해지는
기쁨이 용솟음친다

고전이 배어 있고
정서가 묻어나는

오래도록
아름다움이
북적거릴
명동의 밤거리

낙엽 비가

보석 상자를
열어둔 듯
색채 찬란한
단풍의 환호성

마치
호수의 물결같이
잔잔히 밀려오는
아름다움은
온 산을
붉게 장식하는데

그러다 어느 날
그 화려함 뒤에
도사리고 있는
스산한 가을바람이

물감들인
조각 꿈들을
온기 잃은
시린 땅에
내려앉게 하겠지

동한을
재촉하는
소슬바람에
건디다 못해
추락하면

인생의
아우성도
이미 예고된
길 위에 있음을
낙엽이 말해주네

가여운 넋은
절망조차 다문 채
아픔 드리운
날갯짓으로
지고 말겠지

방황하며
고독을 품다
그 홀로 구르며

차디찬
지상 이별로
사라져가는 낙엽

°무지개

오래도록
접어두었던
풀꽃 같은 기억 하나

다시 부는
바람결에
살며시 깨어나네

네가 있어
행복했던
석양빛 호수에

잊고 있었던
이별 눈물이
비로 내리네

내 가슴에 흐르는 강

저무는
서쪽 하늘은
더욱 붉은데

나직하게
들려오는
작은 소리 있어

내 마음의
무지개가
다시 뜨고 있네

°강촌 아이

산간벽지
물 맑고 산 좋은 곳
그곳에서 태어나
순박하게 자란
한 소녀가 있네

순진무구하여
가냘프고 여린
풀꽃 같았던 소녀

책을 좋아하고
꽃을 좋아하며
산촌의 자연 속에서
강물처럼 흐르며
안개 속을 걷던
시 같은 그 소녀

강가에 앉아
글을 쓰고 시를 읽고
석양이 바위벽에
눈부신 날은
마음속 한 가닥
연분홍 사랑을
간직하던 소녀

마음을 쓰고
생각을 쓰고
가슴을 담아내며
파란 꿈을 키우던 소녀

내 가슴에 흐르는 강

그러던 어느 사이
칠십이 넘어
작은 꿈의
그릇을 채우며
가슴에서 가까운
시의 그리움을
쓰고 있네

지금은
책상 위에
수북이 쌓여 있는
손끝에서 낳아 기른
새싹 같은 아이들을
시집으로 엮어낼
용기를 내어
어느 출판사의
문을 두드리려 하네

나는 칠십 대 할머니
그 옛날 산간벽지의 그 소녀라네

내 것 아님을

나 역시
알몸으로 왔으며
빈손으로 왔네

그런데
너무 많은 것들이
내 안에
내 손에 담기어 있네

모든 것이
내 것인 줄 알고
마음대로 쓰고 살았네

고마움을 모른 채
햇볕도 공기도 자연도
그저 누리기만 했네

감사함을 몰랐네
당연한 줄 알았네

내 것은
아무것도 없다는 걸
늘그막에 알았네

세상천지에
뿌려진 생명체
우주 공간의
모든 존재가
하느님의 것이었음을
새삼 알았네

내가 돌아갈 때
다시 빈손으로
가야 한다는 것을
나는 알았네

모든 것 다 두고
빈 몸으로 가야 함을

°하루 동안

하늘에는
조각구름
숲에는
미풍이
마음엔
맑은 햇살이 웃는다

수풀 속
흔들림 뒤에도
숨은 여유가 있다

하늘을 닮아
넓은 자리를 내고
바람을 닮아
싱그럽다

내 가슴에 흐르는 강

하루를
돌고 있는
해와 바람이
붉은 노을을
뒤로하면

별빛 흐르는
은하수 다리를
만나게 한다

그리움
또한
스쳐 가게 한다

°시냇물

가을이 오면
그대 그리운
시냇물이 되리라

아름다운 소리로
그대 귓가에
맴돌아 흐르는
달빛 닮은 시냇물이 되리라

가을 노을 속으로
해 저물어가도
내 마음의 시간은
한낮에 머물러
부활의 기쁨으로
그대 그리운 시냇물이 되리라

지나간 세월보다
조금 느리게 흘러
그리운 음성
곁에 두고 들을 수 있게
이 가을
그대 그리운 시냇물 되리라

가을이 오면
나는 말하겠네
그대 내 안에 머물러
이별 없는 그리움으로
하늘 닮은
사랑을 하리라고

나의 생각 속에다
다정한 마음 챙겨두고
나의 눈 속에다
진실한 모습 담아두어
언제나 청아로이 흐르는
시냇물이 되리라고

가을이 오면
숲은 마르고 흩어져
어둠 속에는
별들이 은하를 따라
성좌의 그래프를 그리고
남은 이삭을 줍는
내 마음은
하얗게 속삭이는 시냇물 소리

언젠가는 노약하여
소중한 기억이 어설퍼도
가을 햇살에 말린 몸은
비어 있어도
아름다운 멜로디로
내 영혼
맑은 시냇물로 흐르리

뜨거운 태양 아래
고고하게 피어나는
사랑의 부용화처럼
나 그대 그리운
가을 사랑이 되어
천 리 먼 길 흐르는 시냇물 되리라

°나의 산골

깊어가는 밤하늘
무수한 별들이
쏟아져 내리는
산골을 아시나요

그 별 헤며
말할 수 없는 그리움을
마음속에 껴안은 채
풀숲 자장가에 잠이 드는
그 산골을 아시나요

한적한 묘지 위에
은빛 머리 숙인 채
외로이 햇살 거느리고 핀
할미꽃을 아시나요

낮은 둔덕
푸른 물결 사이로
하얀 감자꽃들이
구름을 불러 모으는
그 산골을 아시나요

내 가슴에 흐르는 강

강어귀 수풀 사이로
물살이 숨어들어
맴돌며 헤적이는
물나래를 아시나요

저녁노을이 서쪽 하늘에
붉은 폭포를 이룰 때
모란이 물드는
그 눈부신 속삭임을 아시나요

안개가 발 앞에 채이고
시간이 멈춰있고
빈곤해도 평화가 깃들어
소박한 웃음소리
등불로 밝아오는
그 아름다운
나의 산골을 아시나요

별을 보며

나는 오늘도
밤하늘의 명화 한 편을 본다
나의 별 너의 별이 반짝이고
은빛 찬란히 춤추는
아름다움을 본다

그것은 아직도
널 생각하는 마음이러니

밤하늘 별빛이 눈 부시면
잊혀지지 않아 이슬 맺히는
그리움을 본다

그것은 아직도
네가 내 맘에 있음이다

아직도 증발하지 않은
너의 따스한 손이 기억되고
밤이 깊으면 다소곳이
너와의 인연을 생각해본다

누군가 너의 별을 물으면
아직도 가슴에 있어
밤하늘에 뜬다고 말한다

그것은
미움보다 사랑
보고픔이라

어느 땐 너의 별을 보며
너의 고독을 발견하고
무정한 나의 세월을 돌아본다

오늘 밤 나의 별이
자꾸만 멀어지려 하네

수많은 밤
변함없는 자리에
너는 뜨겠지

°사랑했던 친구

내 친구
지금 어디서
어떻게 지내는가
사계절이 바뀌어 간 세월이
너무도 많이 흘렀네
강산만 변한 것이 아니라
너의 모습까지 희미하네

참 예뻤던 친구
사랑했던 친구
내 곁을 훌쩍 떠나더니
잘 살고 있는가

우리의 늙어감이 자꾸 깊어
곧 서산 해가 지려 하네
지금 못 보면
더는
이 세상 사람이 아닐지도 몰라

내 가슴에 흐르는 강

가을은 왜 이다지
빠르게 지나가나
겨울이 오고 있어
우리 참 예뻤던 사진이
책상 위에 놓여있네
그때도 겨울이었네

영원히 변하지 말자고
그러했는데
넌 가고
나도 모르는 이유만 남았네

°그 사람

가을이 내 맘 안에
붉은 여운으로 깊어가고 있네

내 혼의 바다에
불을 밝히는 사람아

내 언어의 풍경 속을
함께 걸어가는 사람아

그런 사람 있어
샘솟는 기쁨을
퍼내고 퍼내어도 넘치네

아닌 것은 내버려도
내 완전한 행복 속에
함께하면 좋을 사람아

가을하늘이 가을바람이
오늘 유달리 상쾌하네

흐르는 시간에도
싹트는 마디가 있음은
또 하나의 사랑이 열림이네

한 점 먼지로
순간을 살아가도
그 길 위에서
나는 황홀한 아름다움이 될래

°가랑잎 소리

길가 가랑잎
온갖 수난에도 말이 없네

쓰라린 몸 내어주고
봄날 한 톨 씨앗을 위해

썩고 썩어
거름이 되겠다네

불꽃처럼 타다가
유곡으로 떨어진

마지막 길가에
무엇이 아쉬우리

멀고도 먼 길
달빛 걸어두고
떠나는 가랑잎

°늦가을 바람

바람이 분다
달빛 머금은
산이 흐느낀다

가슴에 박힌
아픈 상흔을 안고
돌아누운 낙엽 눈물이
빗물로 흐른다

타다가 비바람에
얼룩으로 감싸며
숨차게 매달려온
흐느낌이 그리할까

텅 빈 하늘은
서글피 높아
구름 아래 서성이는
늦가을의 바람

산 아래 달빛은
가슴을 적셔주고
귀에 익은 바스락 소리
늦바람에 멀어진다

°그리움처럼

먼 산 둘레길에
저녁놀 저무네

산 능선 걸린 바람
골 바위에 내려앉아

우수수 낙엽 더미
조각 없이 쓸어가네

가을 새는 갈잎 떠나
님 계신 곳 찾아가고

이별의 외길에서
조바심만 타는 가을

갈대숲 낮달은
창공에 푸른데

휘감아 부는 바람
기러기 울음이네

세상 만물 가고 와도
덧없는 구름인걸

스산한 어스름달아
나는 어이 하라느냐

산그늘 깊어지면
노을은 사라지고
빈 밤은 무수히
별빛을 뿌리는데

가슴에 촘촘한 그리움
나는 어이 하라느냐

°명상의 바다

깊이 잠든 푸른 섬
작은 배 하나
나의 명상의 바다에
띄운다

파도에 표류하는
잡다한 생각들을
모두 품으니 잔잔하여라

갈매기 떠나가는
먼 하늘
애끓는 사연 떠돌다
다시 부서져 눈물이구나

노을이
붉게 폭포를 이루는
바다에서
나는 수평선 안개가 된다

내 가슴에 흐르는 강

하늘이 어둑해지고
노을이
숨 가쁘게 스러져
내게 안기는 저녁 바다

홀로 걸으니 쓸쓸하지만
나는 다시 등불을 켠다
옷깃이 젖도록
명상의 계단을 오른다

녹아내리는
포근한 해안에
기억을 품은 안개가
보석을 뿌리고 있다
하늘이 별을 뿌리고 있다

°너무 멀어

밤하늘 별 보며
나 길을 걷네

아득히 먼 곳
내가 사랑한 그곳에

더 많은 별이
떠 있어도

지금은 너무 멀어
못 가네

싸늘한 별빛을 남기고
약속의 눈빛을 남기고

세월의 다리를 건너
그렇게
하루하루 멀리 왔네

낮에는 해를 싣고
밤에는 달을 싣고

내 마음 두둥실
흘러가고픈 그곳

그런데
너무 멀어
이젠 못 가네

모든 것이
다 지나갔네

마지막
내가 갈 곳
다른 곳이네

아쉬움

그대
아쉬워 말아요
나의 아쉬움보단
덜할 테니까

내 마음에
숨겨놓은 그리움
오늘은 꺼내어
행복할래요

인연도 운명도
비켜 갔지만

그대 위해
행운을 비는
기도의 꽃은
피어있어요

내 가슴에 흐르는 강

지나간 세월
내 인생의 바다에
일몰의
붉은 노을은
아름다운 파도로
부서지네요